21世纪高等院校电子与通信类教材

数字逻辑电路实验与能力训练

刘一清　何金儿　编著
丰　颖　匡　磊

科学出版社

北　京

内 容 简 介

本书编写以培养中国未来的工程师为目的,注重理论联系实践及培养实验技能。各章节按照理解基本概念—掌握基本方法—培养基本技能—提高综合设计能力这一思想进行编排,由浅入深,引导学生在动手中理解概念,在动手中掌握方法,在动手中学会逻辑思维。

全书共六章,包括基本仪器的实验、基本门电路外部特性的实验和研究、组合逻辑电路实验、脉冲电路实验、时序电路的分析与设计实验、数字电路综合设计,书后有附录和参考文献。

本书可作为电类专业(电子工程、电信工程、电机工程、计算机工程和通信工程)大学本科生的实验教材。

图书在版编目(CIP)数据

数字逻辑电路实验与能力训练 / 刘一清等编著. —
北京:科学出版社,2011.11
ISBN 978-7-03-032573-0

Ⅰ.①数… Ⅱ.①刘… Ⅲ.①数字电路:逻辑电路—
实验 Ⅳ.①TN79-33

中国版本图书馆 CIP 数据核字(2011)第 211083 号

责任编辑:郭建宇 谭宏宇 / 责任校对:刘珊珊
责任印制:刘 学 / 封面设计:殷 靓

科 学 出 版 社 出版
北京东黄城根北街 16 号
邮政编码:100717
http://www.sciencep.com

南京展望文化发展有限公司排版
江苏省句容市排印厂印刷
科学出版社发行 各地新华书店经销

*

2011年11月第 一 版 开本:B5(720×1000)
2011年11月第一次印刷 印张:10 1/2
印数:1—3 200 字数:200 000

定价:**28.00元**

前　言

在做了 20 多年的电路工程师之后,我重新回到培养我的那所大学,并且成了一名大学教师。带着对电路的理解和体会,我承担了"数字逻辑电路及实验"这门课程的教学任务,决心从一名优秀的工程师向成为一名优秀的教师努力,很想把我的全部经验和工程师的心得尽可能地传递给学生。在这 20 多年的电路设计的生涯中,我设计的产品销往世界各地,我也有机会同德国工程师一起设计产品,同美国工程师一道开发项目,而日本工程师则成了我的客户。我发现不同文化背景下的工程师在讨论问题时,相互之间的理解和沟通都很好,因为有着共同的语言——国际工业标准。我也发现中国工程师和外国工程师有着很大的区别:德国工程师非常严谨,美国工程师更富于创造性,日本工程师则体现出深厚的电路功底——他们有时更喜欢用晶体管来解决问题而不是集成电路;中国工程师设计电路时喜欢凭经验,西方工程师设计电路时则更喜欢先理论计算和仿真分析;中国工程师为数不多的人设计电路时考虑信号完整性(SI)、电磁干扰(EMI)、电源完整性(PI)这些问题,很少人能说明自己设计的产品寿命(MTBF)有多长,而这是西方工程师必须回答的问题。这些差异可以追溯到对电路本质的理解;进一步地追索,可以发现我们的电路教材与西方电路教材的不同。我们的教材注重理论,西方的教材注重实践;我们的教师是天生的教师——没有离开过大学;西方的大学教师则是后天的教师——大多来自工业界。

我们不能凭一己之力改变中国大学电路教学的现状,但我们希望做点什么——从中国大学的电路实验开始。因此,我组织了三位都有 20 年以上工作经验的工程师,尝试着编一本培养未来中国工程师的实验教材。教材的编写宗旨是帮助学生准确理解基本电路概念,培养基本的实验技能,学习数字电路系统设计的基本方法,在此基础上提高学生分析问题排除故障的能力,给渴望日后成为工程师的学生工程素养方面的启蒙!

本书编写工作由刘一清提出和组织,他还编写了前言、绪论及第四章,并对全书进行了审核统稿。第一章由丰颖负责编写;第二章、第三章及第六章由何金儿负责编写;实验电路板由何金儿和丰颖设计并验证;第五章由匡磊负责编写。编写过程中各位编者通力合作,都做出了很大贡献,在此深表感谢!

刘一清

2011 年 7 月

目　录

绪 论

"数字电路"课程是电子工程、自动化工程、通信工程、计算机工程和信息处理工程等专业的核心基础课程,其既是一门抽象的理论课,也是一门操作性很强的实验课,还是一门工程素质培养的启蒙课程。我们调查发现,一些大学在教学中重理论而轻实践,理论课的课时较长,实验课的课时较短,这样培养出来的学生,适合于应试,是应试"思维";另有一些大学理论和实践并重,一学期纯理论课,另一学期纯实验课;还有的学校是一边上理论课一边上实验课,在一学期内完成。在教学效果上也存在不尽如人意的地方,对于把理论课和实验课独立而在两个学期分别来上的安排,通常学生会觉得第一学期的理论课太抽象难以理解,再加上大多数学生不预习,因此教学效果不佳,老师吃力,学生评教时还反映不满意。我们"数字电路"课程教研小组经过几年的教学实践,探索了一套新型的教学方法,取得了较好的教学效果。其基本思想是理论与实验并重,理论教学和实验教学紧密结合;理论教学的同时也进行实验教学,但实验教学的目的是实验的入门和概念的理解,我们称之为数字电路的概念性实验;理论教学结束后,再进行第二阶段的实验,此时实验教学的目的是对数字电路的基本设计方法和基础仪器的使用技巧进行训练,我们称之为数字电路的技能性实验;第三阶段,我们给学生出一些数模综合性的有一定功能性和实用性的题目,由学生自己选题,自己提出实验方案,我们称之为数字电路的综合性能力拓展实验。

0.1 数字电路实验的任务

数字电路实验既是所有电类专业实践课程的基础,又是学生产生专业兴趣的导引。因此,我们赋予数字电路实验课程如下几项任务。

(1) 数字电路基本概念的理解 数字电路的概念比较抽象,比如"0"和"1"的概念,学生在托儿所和幼儿园就建立起来了,小学、初中及高中都没有变化,其是一个数量多少的表示;而我们数字电路中对其进行了拓展,其还可以表示"是"和"否","有"和"无","开"和"关","大"和"小",一切的"非此即彼"二值逻辑,其形态也从抽象变成了具体——一个电压信号的大小(TTL 逻辑小于 0.8 V 表示"0",大于 2 V 表示"1"),后续课程进一步拓展(一串脉冲定义为"1",另一串脉冲定义为"0");没有实验的体会提供感性认识,这个概念的理解是不可能完成的。

(2)数字电路设计方法起步 数字电路又称为逻辑电路,其数学基础是布尔代数,它在电路和数学工具之间架起了一道桥梁,其直接导致了计算机的诞生和当今这个信息社会的到来。因此,数字电路的设计方法是一套严密的体系:从逻辑变量的真值表,到卡诺图,从特征方程到状态方程,从状态转换表到状态图,再到具体的电路实现;由简单到复杂,由具体到抽象再回到具体;数字电路的设计方法本质就是化繁为简;使用这种方法,就是从做数字电路实验开始起步的。

(3)数字电路设计技能的培养 数字电路概念的建立,数字电路设计方法的学习和实践,逐步就会变成一种技能,这种技能的培养需要一个过程,这个过程就是数字电路实验,在实验中领会把握概念,在实验中体会方法和流程,当你能不由自主地,把概念和方法运用到解决工程问题时,这些概念和方法就变成了你的技能。

(4)工程素养培养的起步 工科专业的主要目的是为社会培养工程师,而合格的工程师不是一天培养出来的,也不是一两门课、一两个项目培养出来的;其核心是工程素养的培养。什么是工程素养?作为工程师所必须具备的概念和知识、方法和习惯,而且这些概念、知识、方法和习惯与人融合成了一个不可分割的整体,举手投足之间都能看到这些概念、知识、方法和习惯的作用和体现,这就是所谓的工程素养;从工程师设计的产品、画的图纸、编的程序、写的方案之中,就可以体会到这些素养;而数字电路实验正是培养这种工程素养的起步训练。

(5)专业入门的训练 数字电路实验是学生进入大学以后,第一个有关专业的实验课程,其与中学物理和化学的实验是有较大区别的。中学的实验主要目的是验证,而在大学的实验中,验证只是开始,还需要进一步拓展、分析、发掘实验现象背后隐含的规律,在此基础上学生去创造发明。因此,数字电路实验还是电子工程类专业入门的一种训练,这种训练包括:① 基本实验仪器的使用(万用表、示波器、信号发生器、电源等);② 基本实验方法的掌握;③ 好的实验习惯的养成。

0.2 数字电路的实验过程

数字电路的实验过程可以分为三个阶段,即实验前的准备阶段、实验操作阶段、实验结果分析及处理阶段,各阶段的任务都不相同。

实验前的准备阶段工作:

(1)学习实验内容。

(2)理解实验目的。

(3)选定实验方案。

(4)实验仪器的准备。

（5）理解实验原理图并确定使用的电子元件型号。

（6）查阅电子元件参数手册，对实验结果进行推理。

（7）制订实验操作步骤。

（8）设计实验数据记录表。

（9）实验过程中可能出现的问题的推测，及应对策略的考虑。

实验阶段的任务：

（1）检查实验仪器是否工作正常，并正确设置工作状态。

（2）连接实验电路板和实验仪器。

（3）检查实验仪器与电路板连接是否正确。

（4）开电源并观察有无异常情况（火花、冒烟、仪器上指示的大电流或者电压跌落等）。

（5）如有实验异常情况发生，马上断电、检查原因，直到故障排除。

（6）按实验步骤操作并记录数据填写实验数据记录表。

（7）实验预期步骤完成后，首先关掉电源，断开电路板和仪器设备的连接。

（8）所有的实验设备放回原处，整理实验台。

实验结果分析及处理：

（1）实验数据处理（画曲线、统计）。

（2）与理论值比较，看是否有不合理结果。

（3）分析实验结果，得出结论。

（4）撰写实验报告。

0.3 实验预习

根据我的观察，大部分大学生做基础实验时，很盲目——不知道要在实验室干什么；很危险——胡乱地连线，忙乱地开电源，损坏电路元件和实验设备的事经常发生；很机械——按照书上的实验步骤操作一遍；很无助——一碰到书上没有提到的现象，就不知所措；很无收获——离开实验室什么都不知道。造成这种现象的原因是没有做实验预习。怎样做实验预习呢？首先要理解实验的目的，了解数字电路有三种类型的实验，对不同类型的实验，预习的内容也不同。

（1）**理解概念型**

这种实验比较简单而直观。以集成电路 74LS04 非门功能验证实验为例。

1）反复学习非门的概念，理解非门的功能——取反。输入"0"时，输出"1"，输入"1"时，输出"0"；把概念和我们要测量的电参数联系起来，我们要给实验中的"0"和"1"赋予了几伏电压，得到的"0"和"1"又是几伏的电压？

2）学习实验仪器的特性，掌握其基本操作技巧。这个实验只用到直流电源和万用表。

3) 学习实验用电子元件的手册，了解电子元件基本工作条件，如工作电源电压是多少伏、输入阻抗是多少欧姆、输入最大电流又是多少、输入最大电压是多少、输出负载能力又是多少，其最高工作频率由是多少等。按照实验的目的不同，还有很多问题可以问。

4) 把"非门"这个抽象的概念与实验的芯片 74LS04 联系起来，哪个引脚是"输入"，哪个引脚是"输出"。

5) 设计实验数据表。

6) 制订实验步骤，把进实验室的所有操作都设想一遍，并列出先后次序；对实验过程中可能出现的问题提出一些设想，并列出查找的对策，如：实验过程中发现输入为"0"时，输出引脚没有测到"1"，怎么查找问题之所在呢？在思考的基础上，列出所有的可能性，针对这些可能性，准备好检测排除方案。

(2) 数字电路方法学习型实验

这种类型的实验比概念理解型略微复杂一些。

1) 要复习实验过程中用到的概念，同时还要运用这些概念，体会数字电路的分析法。数字电路的分析设计方法不是很多，有如下几种：① 数学推理法；② 真值表法；③ 卡洛图法；④ 状态方程法；⑤ 状态转换表法（状态机法）。我们在数字电路实验中，经常会用到一种或几种方法。

2) 学习实验仪器的特性，掌握其基本操作技巧，针对实验的目的，巧用活用实验仪器。

3) 学习实验原理图，请参阅"怎样看实验原理图"。

4) 学习实验用主要电子元件手册，请参阅"怎样看电子元件参数手册"。

5) 制订实验详细步骤，请参阅"怎样编制实验步骤"。

6) 设计实验数据记录表，请参阅"怎样设计实验数据表"。

7) 实验异常情况设想与处理对策表。

(3) 数字电路设计方法训练及设计能力培养型实验

这是一种综合型实验；既包含了对数字电路概念的理解，也包括了数字电路设计方法的运用，还包括了数字电路综合设计能力的培养，对这种类型的实验的预习准备比较花时间。

1) 首先要理解实验题目，把抽象的实验题目与我们数字电路的概念和方法建立起联系，对学生来说这通常是最困难的，但是，这个才是我们学习数字电路的根本目的——用数字电路的概念和方法解决实际的工程问题（这也是这本教材最重要的特色之一，我们把大量的工程题目与数字电路建立起了联系）。

2) 把实验题目中定性的量转化为定量的电参数量，制订实验电参数量规格书。

3）按实验电参数量规格书设计可行的解决方案，画出电路图。

4）查阅主要电子元件手册，对各元件的输入和输出结果进行推理。

5）设计电路参数关键测试点，对各点电特征参数进行推理（电平、波形等）。

6）制订详细的实验计划，列出实验步骤。

7）准备实验设备，针对我们的实验参数，提出最优的使用方案。

8）制订实验参数测量表。

9）对实验过程中可能的故障进行预测，并制订可能的解决方案。

0.4　电子元件参数手册学习

电子元件对于电子工程师来说，就像建筑材料对于建筑师。工程师掌握电子元件越多，就能提出越多的工程解决方案；工程师对电子元件特性的理解越深刻，设计出来的产品性能价格比越高，产品也越可靠。对电子元件的理解和认识是一个长期积累的过程，怎样学习电子元件参数手册，是每一个电子工程师必须掌握的方法。

对一个电子元件，我们应该关注如下几个方面的内容：

1）推荐工作条件，包括电源电压、工作电流、环境温度、湿度、大气压等。

2）接口条件，包括输入输出电平特性、负载特性、频率特性、启动、复位等。

3）功能特性，包括可以实现的功能函数、精度指标、AC 特性曲线、时序图等。

4）安全特性，包括极限工作电压、极限工作电流、ESD 防护等。

对一个没有经验的工程师，很容易忽略以下参数：

1）封装信息。一颗集成电路芯片，往往有多种封装（DIP，SOIC，SSOP，PQFP，BGA 等），不同的封装性能略有差别；在选用封装时要先看清楚；有不少工程师，在焊接电路板时，才发现选错了封装。

2）采购信息。一颗芯片的参数手册上，通常对不同的封装信息有不同的编码，应该按这种编码去采购；买错了芯片在工厂时有发生。

3）在工程设计中，通常可以被选用的芯片有很多，此时怎样来决策呢？首先要选用生产批量最大的芯片；其次，在同一工程设计中，尽可能用较少种类的芯片。这样采购的成本最低。

0.5　电路原理图阅读

网上常常看到有刚刚参加工作的网友在问怎样看电路原理图的问题。是的，这是我们高等教育的缺失，还很少看到中国大学教学计划中有关电子电路识图的课程和训练。要看懂电路原理图，先要了解电路原理图。

1. 电子电路图的意义

电路图是人们为了研究和工程的需要,用约定的符号绘制的一种表示电路结构的图形。通过电路图可以知道实际电路的情况。这样,我们在分析电路时,就不必把实物翻来覆去地琢磨,而只要拿着一张图纸就可以了;在设计电路时,也可以从容地在纸上或电脑上进行,确认完善后再进行实际安装,通过调试、改进,直至成功;而现在,我们更可以应用先进的计算机软件来进行电路的辅助设计,甚至进行虚拟的电路实验,大大提高了工作效率。

2. 电子电路图的分类

常遇到的电子电路图有原理图、方框图(框图)、装配图和印板图等。

(1) 原理图

电路图,又被叫做"电原理图"。这种图,由于它直接体现了电子电路的结构和工作原理,所以一般用在设计、分析电路中。分析电路时,通过识别图纸上所画的各种电路元件符号,以及它们之间的连接方式,可以了解电路实际的工作情况,原理图就是用来体现电子电路工作原理的一种电路图。

(2) 方框图

方框图是一种用方框和连线来表示电路工作原理和构成概况的电路图。从根本上说,这也是一种原理图,不过在这种图纸中,除了方框和连线,几乎就没有别的符号了。它和上面的原理图主要的区别就在于原理图上详细地绘制了电路的全部的元器件和它们的连接方式,而方框图只是简单地将电路按照功能划分为几个部分,将每一个部分描绘成一个方框,在方框中加上简单的文字说明,在方框间用连线(有时用带箭头的连线)说明各个方框之间的关系。所以方框图只能体现电路的大致工作原理,而原理图除了详细地表明电路的工作原理之外,还可以用来作为采集元件、制作电路的依据。

(3) 装配图

它是为了进行电路装配而采用的一种图纸,图上的符号往往是电路元件的实物的外形图。我们只要照着图上画的样子,依样画葫芦地把一些电路元器件连接起来就能够完成电路的装配。这种电路图一般是供初学者使用的。

装配图根据装配模板的不同而各不一样,大多数作为电子产品的场合,用的都是下面要介绍的印刷线路板,所以印板图是装配图的主要形式。

在初学电子知识时,为了能早一点接触电子技术,我们选用了螺孔板作为基本的安装模板,因此装配图也就变成另一种模式。

(4) 印板图

印板图的全名是"印刷电路板图"或"印刷线路板图",它和装配图其实属于同一类的电路图,都是供装配实际电路使用的。

印刷电路板是在一块绝缘板上先覆上一层金属箔,再将电路不需要的金属箔腐蚀掉,剩下的部分金属箔作为电路元器件之间的连接线,然后将电路中的元器件安装在这块绝缘板上,利用板上剩余的金属箔作为元器件之间导电的连线,完成电路的连接。由于这种电路板的一面或两面覆的金属是铜皮,所以印刷电路板又叫"覆铜板"。印板图的元件分布往往和原理图中大不一样。这主要是因为,在印刷电路板的设计中,主要考虑所有元件的分布和连接是否合理,要考虑元件体积、散热、抗干扰、抗耦合等诸多因素,综合这些因素设计出来的印刷电路板,从外观看很难和原理图完全一致;而实际上却能更好地实现电路的功能。

随着科技发展,现在印刷线路板的制作技术已经有了很大的发展,除了单面板、双面板外,还有多面板,已经大量运用到日常生活、工业生产、国防建设、航天事业等许多领域。

在上面介绍的四种形式的电路图中,电原理图是最常用也是最重要的,能够看懂原理图,也就基本掌握了电路的原理,绘制方框图,设计装配图、印板图这都比较容易了。掌握了原理图,进行电器的维修、设计,也是十分方便的。因此,关键是掌握原理图。

3. 电路图的组成

电路图主要由元件符号、连线、结点、注释四大部分组成。

元件符号表示实际电路中的元件,它的形状与实际的元件不一定相似,甚至完全不一样。但是它一般都表示出了元件的特点,而且引脚的数目都和实际元件保持一致。

连线表示的是实际电路中的导线,在原理图中虽然是一根线,但在常用的印刷电路板中往往不是线而是各种形状的铜箔块,就像收音机原理图中的许多连线在印刷电路板图中并不一定都是线形的,也可以是一定形状的铜膜。

结点表示几个元件引脚或几条导线之间相互的连接关系。所有和结点相连的元件引脚、导线,不论数目多少,都是导通的。

注释在电路图中是十分重要的,电路图中所有的文字都可以归入注释一类。细看以上各图就会发现,在电路图的各个地方都有注释存在,它们被用来说明元件的型号、名称等。

看电路原理图要有一些基础的知识:

1) 认识电路中的各种图形符号的物理意义。每一种电子元件都有一个符号,如电阻符号、电感符号、电容符号等,比较常见,其出自国际有关行业标准;但更多的符号是由设计工程师自己定义的符号,如大多数的集成电路符号等;有的电路是用一个符号表示就行了,有的电路引脚特别多,会分成多个符号表示,有时甚至有几十个符号。

2) 标准的电路图通常画成一个矩形的实现框。实现框有固定的尺寸规格,如A 号图纸、B 号图纸、C 号图纸等;行坐标标注为(A, B, C, D, …)、列坐标标注为

(1,2,3,4,…);电子元件通常都安放在实线框内。

　　3) 电子元件的标识有一个字母加一串数字组成,例如电阻 R0、R1,电容 C0、C1、集成电路 IC1、IC2 等。

　　4) 图纸的最右边通常会列出本页图中各电子元件的坐标信息,以便于查找。

　　5) 图纸中电子元件引脚连接到一根横线,横线上的一串字符(英文加数字)通常表示信号名;具有相同的信号名所有引脚在印刷电路板(PCB)上是连在一起的。

　　6) 电路原理图通常把实现某一特定功能的模块放在一起。

　　7) 通常把外部输入的信号放在左边,并连接一个输入标志;把输出的信号放在电路图的右边,并连接一个输出标志。

　　8) 电路图中有时电子元件被虚线框围绕,表示选装元件。

　　9) 一张电路图上通常会有多种电源符号和地线符号,不同的符号没有连接关系;多张图纸上相同的电源符号和地线符号 PCB 上具有连接关系。

0.6　实验过程中的异常情况处理

　　对于刚开始动手做实验的学生来说,实验过程中出现异常情况是难免的。对异常情况进行分析,应对预案的准备,一方面有助于减少实验设备的损坏,另一方面有助于学生应变能力的培养和良好实验习惯的养成。

　　常见的实验故障有:

　　(1) 打开电源实验电路板就冒烟,电源过流保护

　　可能的问题:

　　1) 电源正负极接反。

　　2) 电源输出电压调整得太高。

　　3) 电子元件安装错误(电解电容正负极装反、二级管正负极装反、集成电路装反)。

　　4) 在电容的位置上安装了小阻值,小功率电阻。

　　5) 跳线错误,致电源接地。

　　(2) 电解电容爆炸

　　可能的问题:

　　1) 电源正负极接反。

　　2) 电源输出电压调整得太高。

　　3) 电解电容正负极安装反了。

　　4) 电容漏电,过热致爆炸。

　　5) 电解电容安装在散热器旁边,过热致爆炸。

　　(3) 水等饮料,洒在实验设备及电路板上,致实验设备损坏

　　(4) 实验设备开机无输出

可能的问题：外部 220 V 电源接触不良；输出短路；电源保险丝损坏。

（5）示波器探头损坏

（6）万用表探头损坏，万用表干电池用尽

实验中出现任何异常状况，第一个动作，就是切断电源，分析异常状况产生的原因，直到排除这个原因，再开启电源，否则导致更大的损失。

0.7　实验故障排除

数字电路试验中，通常只有三种类型的故障：

1）连接短路：没有连接关系的电路连接到了一起。

2）连接短路：应该连通的没有连接。

3）电子元件损坏：由于某种原因，电路损坏。

短路和断路故障的排除，最直接的办法是使用万用表的欧姆挡，对照电路图测量电阻；电子元件的损坏的判断，应该先排除短路和断路故障，再结合电子元件参数手册，分析工作条件是否满足，工作条件满足而不工作，可以判断为损坏；有时也有因数字电路没有正确复位导致不工作而误判损坏的；碰到电子元件损坏，不要立即更换好的电子元件，要先分析损坏原因，排除致损的原因，再安装好的电子元件，避免重复损坏。

0.8　实验步骤的编制

编制实验步骤，对提高试验效率，避免仪器设备和实验电路的损坏至关重要。试验步骤依据实验内容的不同，有些是共同的（如仪器的准备、电路的连接等），更多是不同的，如试验目的不同，使用电子元件不同，测试方法不同，试验数据不同，试验过程不同等，导致试验步骤的不同。

实验步骤的编制原则，是把实验过程中重要的动作和关键点，按照自己的理解，从前到后的操作顺序列出来，以便实验过程中遵照执行。

实验步骤的编制应该由实验者本人编制，不能由老师或其他人代劳；因为编制实验步骤，对实验者而言是一个强迫自己了解试验原理、学习实验仪器、逻辑推理演算、分析试验结果的过程，也是一个自我管理的实践过程，是实践能力培养的重要手段。

0.9　实验数据表的设计

预习时设计实验数据表，对实验者来说是一个好的习惯，有利于加深对实验目

的的理解,同时,也有利于提高试验效率,取得更好的实验效果。实验数据表通常包括以下几方面的内容:

1) 选择测试点。

2) 定义测试条件。

3) 输入条件及变化范围。

4) 输出结果及变化范围。

5) 预测的实验结果。

6) 注释。

同样实验数据表应该由实验者自己设计,不能由他人代劳。

0.10　实验结果的处理

数字电路实验时,通常有两个目的:一是预知某个基本电路或整个电路系统的工作状态,及电路的运行情况;二是了解电路或整个系统的特性,即当某些条件(如输入频率、幅度、负载、时间等)改变时,系统会出现什么反应。不管是哪个目的,首先都需要获取足够的原始数据,然后对这些原始数据进行加工、整理、分析,才能做出结论。因此,实验时仅获得一些测量数据还远达不到实验目的,还必须对其进行处理。

对实验结果的处理通常采用两种方法:列表法和曲线法。

1. 列表法

列表法就是将测取的原始数据进行整理分类后放在一个特制的表格里,其目的是为了将所有数据有序地放在一起,既可以使实验结果一目了然,也为对其进行分析提供方便。用列表法能否达到上述目的,制表是关键,因此制表时要注意以下问题:

1) 项目齐全。即原始数据、中间数据、最终结果,以及理论值、误差分析等不可缺项。

2) 项目名称简练易懂。项目名称可采用字母或文字,但一定要符合习惯。有量纲的要给出单位,间接量要给出计算公式;如果公式不易在表中给出,可在表后用加注的方法给出。

3) 测试条件明确。对大多数测试,都是在特定条件下进行的,因此,只有当给出测试条件时,测试结果才有意义。当测试条件不变时,可以把测试条件放在表格里;也可以放在表格外明显的地方,如右上角。

4) 制表规范、合理,易读懂,表达的信息完整。制表可能会被认为是一件简单的事情,但是要制出一种非常有效的表格,全面、正确地反映实验情况,则必须经过认真考虑、仔细斟酌,才能达到目的。制表可以使用 Microsoft 的 Excel 工具,方便分析处理。

2. 作图法

常用作图包括曲线图、折线图、直方图等，所用图纸有直角坐标、极坐标、对数坐标纸等几种，表达实验结果的曲线通常有两种类型：特性曲线和响应曲线。

（1）特性曲线

用列表法可以把所有的实验数据有序地集中在一起，以便对其进行观察和分析。但在研究器件、电路的特性时（如伏安特性、频率特性），仅有数据表格还不能准确地反映出电路地变化规律。原因是：一般电路的变化规律是连续的，而表格中的数据却是有限的、间断的。因此，这就需要把表格中的数据作为点的坐标放于坐标系中，然后用线段将这些点连接起来，形成一条曲线。用这样的方法绘制曲线叫做描点法，绘制的曲线叫做电路的特性曲线。用特性曲线描述实验结果，具有直观完整、可获取更多信息的优点，但在绘制时要注意以下几点：

1）建立完备且合适的坐标系。完备，即坐标轴的方向、原点、刻度、函数变量及单位俱全；合适，是指坐标轴刻度的比例大小合适，它决定了曲线图形的大小。

2）测量时要将所有的特殊点（如最大点、最小点、零点等）取到，此外应按照曲线曲率小的地方多取、曲率大的地方少取的原则，取足够数量的点。

3）绘制曲线时，可剔除坏点（坏点可以标在图上，但曲线不用通过该点，只供分析时用）。坏点是指因操作或其他原因引起的测量结果与理论不符、脱离正常规律的点。

4）曲线要光滑，粗细一致。特性曲线的绘制，原则上是用线段逐一将各点连接起来，但由于取点不可能无限多，再加上有测量误差的存在，这样绘出的曲线往往会是一段折线。此时允许在理论的指导下，按照函数的变化规律去处理曲线，即曲线可以不通过所有的测量点，这和处理数据时取平均值是一个道理。

（2）响应曲线

在实验室进行实验，对电路进行测量可看成是用仪器对电路进行求解。测量结果有的只是一个数值，但大多数情况则是一个函数（波形）。为了记录测量结果，就必须从测量仪器（多为图形显示仪器）上将其画下来。绘制的近似程度直接影响着测量结果的准确程度，因此在画图时一定要保持和原图一致或对应成比例。在绘制时，要注意做到以下几点：

1）首先将响应曲线的位置、大小调整合适，使曲线既携带了全部信息，又便于绘制。

2）绘制时使用坐标纸（因一般显示屏上有坐标格）。先在坐标纸上标出与图形对应的一些点（具有一定特点），然后再对这些点进行连线。当两点之间曲线的曲率较小、不易连接时，可在这两点之间再插入点。

3）考虑是否建立坐标系。一旦建立坐标系，其刻度要与曲线的变量幅度对应起来。

4）当一个坐标系中有多条曲线时，要对这些曲线文字加以说明，并用不同的线型或颜色加以区别。

5）绘制的曲线要光滑。

有一些图形，如后面要学到的相位调整，其测量结果不是和整个图形有关，而只是和图形上个别点有关。这时对图形的调整要把注意力放在与结果有关的点上，绘制时要把这些点的位置找准，因为其他部分只会影响图形的美观而不会影响测量结果。

0.11　数字电路实验报告的撰写

把实验的全过程作一个总结和归纳就是一份很好的实验报告了，主要包括以下几方面的内容：

（1）实验前的准备阶段工作过程

（2）实验室实验操作的过程

（3）实验后结果分析处理的过程

（4）实验心得体会

因此，每个实验者的实验报告应该是不同的，特别不应该出现统一的、千篇一律的实验报告。

第1章 基本仪器的实验

　　万用表、信号源、示波器、电烙铁是实验室的常用仪器和工具，这些仪器和工具的使用及防静电的措施对实验的结果非常重要。本章主要介绍几种常见的仪器和工具的基本原理和使用方法，以及基本的防静电措施。

1.1 万 用 表

　　万用表分指针式万用表和数字万用表。

　　500 型万用表由表头、测量电路及转换开关组成，如图 1.1 所示。其表头的最大电流（满刻度）I_S 为 50 μA，表头内阻 R_S 为 2.2 kΩ，它是万用表的关键部件；测量线路运用欧姆定律等将被测量项目转换成流过表头的直流电流 I_S；转换开关用以选择各种测量项目和量程。

　　直流数字电压表是由 A/D 转换器、计数器、控制器及译码显示器等组成。数字万用表是在数字电压表的基础上建立起来的，如图 1.2 所示，它与 500 型万用表相比有许多优点，如精度高、极性自动转换和读数直观等。

图 1.1　500 型万用表　　　　　　　图 1.2　数字万用表

1.1.1　实验目的

　　（1）了解万用表面板上的控制开关及旋钮的作用。

　　（2）掌握 500 型万用表测量交直流电压、直流电流、电阻和音频电平的方法。

　　（3）掌握数字万用表测量交直流电压、电流、电容、频率、三极管放大倍数、二极管极性及电路的通断等方法。

1.1.2 预习要求

熟悉万用表的测量原理。

1.1.3 万用表的测量原理

1. 500 型万用表的测量原理

(1) 直流电压的测量原理

直流电压的测量应用了分压原理,其原理如图 1.3 所示。

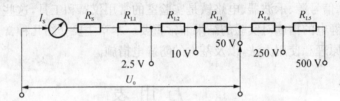

图 1.3　500 型万用表直流电压测量原理图

不同的直流电压量程,可设计不同的分压电阻 R_L,根据分压原理以满足待测电压 U_O 的要求。

(2) 交流电压的测量原理

由于表头是直流电流表,所以测量交流电压,必须将交流电压经整流、滤波转换成直流电压,再结合分压原理实现交流电压的测量。其原理如图 1.4 所示。

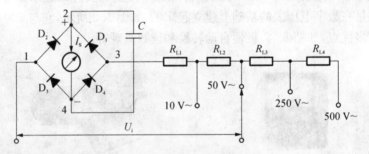

图 1.4　500 型万用表交流电压测量原理图

(3) 直流电流的测量原理

直流电流的测量应用了分流原理,其原理如图 1.5 所示。

不同的直流电流量程,可设计不同的分流电阻 R_L,得到分流电流 I_L,根据分流原理以满足待测电流 I_O 的要求。

(4) 电阻的测量原理

万用表测量电阻,实质上是测量流过被测电阻 R_X 的电流。其原理如图 1.6 所示。

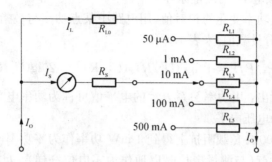

图 1.5 500 型万用表直流电流测量原理

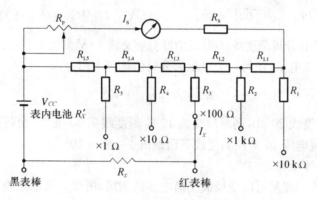

图 1.6 500 型万用表电阻测量原理图

当 R_X 为 0 时,调整电位器 R_P,使流过表头的电流 I_S 最大,此时,指针指在满刻度线(即 0 Ω 刻度线)上,所以 R_P 电位器被称为调零电位器。当 R_X 为 ∞ Ω 时,流过表头的电流 I_S 为 0,指针不动,指针指在起始刻度线(即 ∞ Ω 刻度线)上。所以欧姆刻度线与电流、电压刻度线是反向的。当 R_X 为某一阻值时,电路中就有一个相应的直流电流 I_S 产生,使指针有一个确定的偏转角度。当 R_X 等于万用表欧姆测量电路的等效电阻 R_X' 时,这时流过表头的电流应为满刻度电流 I_S 的一半,指针指在 Ω 刻度线的中央位置上,此电阻值称为中值电阻。$I_X = \dfrac{V\alpha}{R_X' + R_X}$,从公式和分流原理可知,流过表头的电流 I_S 与被测电阻 R_X 是非线性关系,所以欧姆刻度线是不均匀的,而且只有在 R_X 与 R_X' 接近时,测出的阻值比较正确。由于欧姆表的测量范围为 0~∞ Ω,要从一根刻度线上正确地读出数值比较难,所以它的有效范围随中值电阻而变化,因此常以中值电阻值作为量程标志。那么改变中值电阻值就可以改变量程,最简单的方法就是改变表头并联的分流电阻 R_L,只要稍微调整一下调零电位器 R_P,就可以使指针满刻度。

（5）分贝（音频电平）的测量原理

电平是表示电功率变化的相对值，用电路中某点功率与被指定的标准功率比值的常用对数（即分贝数值）来表示。

$$A_P = 10\lg(P_1/P_2) = 10\lg[(U_1^2/R)/(U_2^2/R)] = 20\lg(U_1/U_2) \quad (dB)$$

从上式中可看出：用功率关系表示的电平值可称为功率电平，用电压关系表示的电平值可称为电压电平。

零分贝指以 600 Ω 负载阻抗上得到 1 mW 功率作为零功率电平，用它作为测量音频电平的参考点（与测量电位时以地作为零电位一样）。此时负载上的电压（零电压电平）为：

$$U_\circ = \sqrt{PR} = \sqrt{0.001 \times 600} = 0.775 \text{ V} \quad U_0 \text{是零分贝电压的有效值}$$

据此，第四行分贝刻度线 0 dB 处恰好对应交流 10 V 刻度线（第三行）0.775 处。

有了零电压电平，任何一个电压的分贝值均可求出：

$$A_P = 20\lg u_O/0.775$$

若分贝刻度线 20 dB，则对应交流 10 V 刻度线 7.75 处，其余各分贝刻度线以此类推，在交流电压 10 V 挡刻度线下面刻出了一条−10～+22 dB 的分贝刻度线，并标明"0 dB=1 mW600 Ω"。

这样，电平的测量可以变换成交流电压的测量，所以其测量原理与交流电压的测量相同。

2. 数字万用表的测量原理

（1）数字万用表原理框图

数字万用表第一部分是由交流-直流（AC-DC）转换器、电流-电压（I-V）转换器、电阻-电压（Ω-V）转换器构成，主要功能是把被测项目转换成直流电压信号，通过量程选择后，输出模拟量；第二部分就是直流数字电压表的工作模式，这样就构成了一款数字万用表。其原理框图如图 1.7 所示。

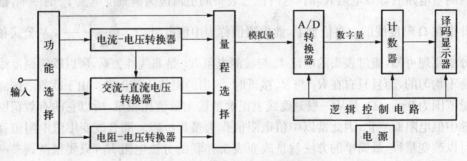

图 1.7　数字万用表原理框图

（2）数字万用表显示位数

数字仪表显示位数的定义：

1）整数部分：代表能显示 $0\sim9$ 中所有数字的位数。

2）分数部分：分数部分的分母代表满量程时最高位能显示的数字的个数，分子代表最高位可显示的最大数字。根据定义，$3\frac{1}{2}$ 位数字仪表应有 $3+1=4$ 个数据位，其中低三位可以显示 $0\sim9$，最高位只能显示两个数字（0 和 1），而且这两个数字中最大的数字是"1"。所以它的最大显示值应为 $\pm1\,999$。数字万用表的显示位数通常为 $2\frac{1}{2}$ 位 $\sim8\frac{1}{2}$ 位，其中最常用的有 $3\frac{1}{2}$ 位、$3\frac{2}{3}$ 位、$3\frac{3}{4}$ 位、$4\frac{1}{2}$ 位等。

（3）A/D 转换器

数字万用表的核心是 A/D 转换器，常用的芯片是 ICL7106。内部包括模拟电路和数字电路两大部分，内部电路原理框图如图 1.8 所示。

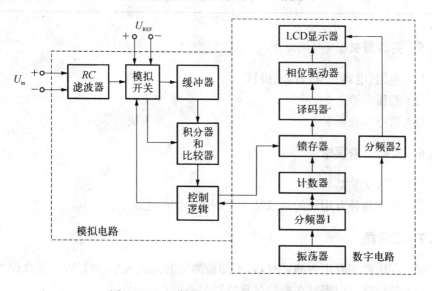

图 1.8 A/D 转换芯片 ICL7106 原理框图

由图可见，模拟电路与数字电路是互相联系的，一方面由控制逻辑单元产生控制信号，按照规定的时序将各组模拟开关接通或断开，保证 A/D 转换正常进行；另一方面模拟电路中的比较器输出信号又控制着数字电路的工作状态和显示结果。

1.1.4 实验内容和方法

（1）测量表 1.1 所示项目。

表 1.1 测 量 表

测 量 项 目	500 型万用表	数字万用表
电阻		
直流电压		
交流电压		
直流电流		
电容		
频率		
三极管放大倍数		
二极管极性		
电路的通断		

1.1.5 实验器材

(1) 电阻、电容、二极管、三极管   自选
(2) 稳压电源   1 台
(3) 数电实验板   1 块

1.1.6 实验报告要求

(1) 记录实验结果。
(2) 比较两种万用表的测试结果并阐述它们的优缺点。

1.1.7 思考题

(1) 在用数字万用表测试时,若不知被测量的范围大小,则量程应怎么设置?
(2) 如数字万用表只在高位显示"1",怎么办?
(3) 500 型万用表测电阻时,每挡都要调零吗?

1.2 低频信号发生器

低频信号发生器,它是一种多用途的 RC 信号发生器,能产生 10 Hz～1 MHz 的低失真正弦波、方波、单脉冲和 TTL 脉冲波,如图 1.9 所示。输出电压的有效值由三位数字电压表指示,输出信号的频率由六位数字频率计显示,数字频率计可外接测频。

图 1.9 低频信号发生器

1.2.1 实验目的

(1) 了解低频信号发生器面板上的控制开关及旋钮的作用。

(2) 掌握信号发生器的使用方法。

1.2.2 预习要求

熟悉低频信号发生器基本原理。

1.2.3 低频信号发生器的基本原理

低频信号发生器原理框图如图 1.10 所示。

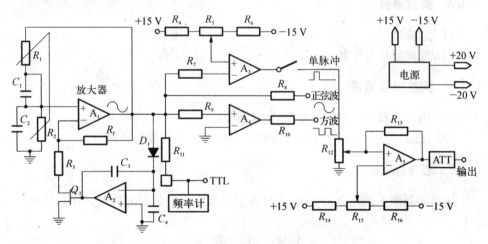

图 1.10 低频信号发生器原理框图

(1) 振荡电路

振荡电路采用的是一种 RC 文氏桥振荡器, 振荡器由放大器、RC 选频网络和自动增益平衡电路组成。改变 RC 文氏桥电路中 R 和 C 的值, 输出频率也将随之变化; 改变电路中的电容值实现频率的倍频转换, 而每一倍频内的频率细调则通过电阻值的改变来实现。

(2) 频率计数器

由宽带放大器、方波整形器、单片机、LED 显示器等组成,原理如图 1.11 所示。

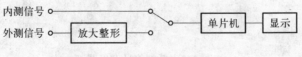

内测信号

外测信号　放大整形　单片机　显示

图 1.11　频率计数器原理框图

当频率计数器工作处于"外测"状态时,外来信号经放大整形后输入计数器,最后显示在 LED 数码管上;频率计内测时,信号直接输入计数器。

(3) 信号输出

振荡器输出正弦波经过整形电路形成方波、单脉冲波和 TTL 脉冲波,所有的波形信号电压经过输出放大器后输出。

1.2.4　实验内容和方法

输出一个频率为 50.8 kHz、电压幅度为 3.6 mV(rms)的正弦波,并用示波器测量波形参数。

1.2.5　实验器材

(1) 示波器　　　　　　　　　　　　　　1 台

(2) 低频信号发生器　　　　　　　　　　1 台

1.2.6　实验报告要求

(1) 用示波器测量波形的参数,记录测试结果。

(2) 比较示波器测试数据与低频信号发生器显示的数据异同点。

1.2.7　思考题

用示波器测出的正弦波参数,与低频信号发生器上显示的数据是什么关系?

1.3　示波器

示波器分模拟示波器和数字示波器。

模拟示波器显示电压的连续变化曲线,能够表明信号随时间的变化过程。人们为显示快速变化的信号,常采用模拟示波器,如图 1.12 所示。

数字示波器通过模数转换器,把被测电压转换为数字信息,它捕获的是波形的一系列样值,并对样值进行存储和处理,然后数字示波器再重建波形。它可以无闪烁地观察频率很低的信号,这是模拟示波器无能为力的。它还具有先进的触发功能,不仅能显示触发后的信号,而且能显示触发前的信号,可以任意选择超前或滞后的时间,如图 1.13 所示。

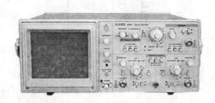

图 1.12　双踪模拟示波器

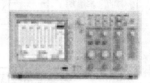

图 1.13　数字存储示波器

1.3.1　实验目的

(1) 了解示波器面板上的控制开关及旋钮的作用。
(2) 掌握用示波器测量交流电压和直流电压的方法。
(3) 掌握用示波器测量脉冲信号的幅值、周期及频率。
(4) 掌握用示波器测量两个交流信号的相位差。

1.3.2　预习要求

(1) 熟悉示波器的原理。
(2) 阅读示波器的使用说明书。

1.3.3　示波器的基本原理

1. 模拟示波器的基本原理

模拟示波器原理图框图如图 1.14 所示。模拟示波器包括垂直和水平放大、时基电路、触发电路、校准电路、示波管及电源等六个主要部分。

(1) 电子示波管

主要由电子枪、偏转系统和荧光屏三部分组成。电子枪包括灯丝、阴极、栅极和阳极。偏转系统包括 Y 轴偏转板和 X 轴偏转板两个部分,它们能将电子枪发射出来的电子束,按照加于偏转板上的电压信号产生相应的偏转。荧光屏是位于示波管顶端涂有荧光物的透明玻璃屏,当电子枪发射出来的电子束轰击到屏上时,荧光屏被击中的点会发光。

(2) 垂直(Y)和水平(X)放大器

水平放大器主要用来放大扫描锯齿波电压,将单端信号放大并变成双端差分输出,去驱动示波管水平偏转板,并提供对称的推动电压,使电子束能在水平方向

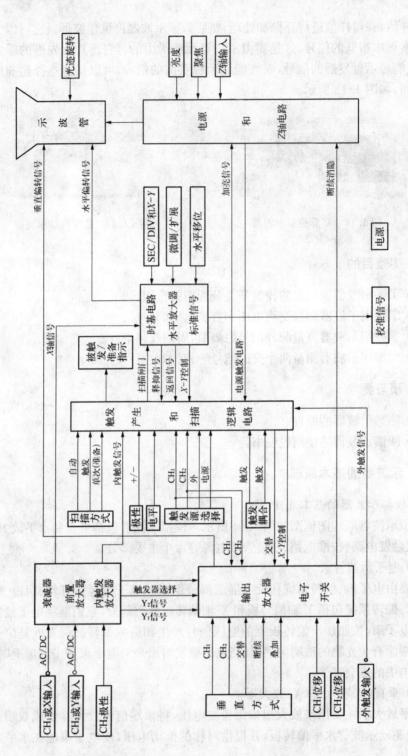

图 1.14　模拟示波器原理框图

满偏转。水平放大器的控制功能有 X 选择、X 轴位移、扫描时间因素校准、扫描扩展等。水平放大器的原理框图如图 1.15 所示。

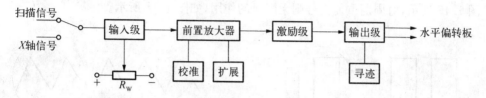

图 1.15　水平放大器的原理框图

调节 R_w 可改变两块水平偏转板之间的电位差，来达到使光点在水平方向移位的目的。由于水平放大器的增益不大，所以从 X 轴输入的信号必须经过衰减器和一级水平前置放大器，对信号进行衰减或预放大。垂直放大器电路组成与水平放大器类同。

X-Y 显示时，水平放大器作为水平信号的主放大器，X 信号从 CH_1 通道输入，Y 信号从 CH_2 通道输入。这时可以观测两个信号的频率关系和相位关系。

（3）水平系统电路

水平系统（时基系统），其作用是在荧光屏上形成一线性模拟时间轴，把被测信号按时间而变化的情况展开并描绘出波形。水平系统主要包括触发电路、扫描电路和水平放大器。水平系统原理框图如图 1.16 所示。

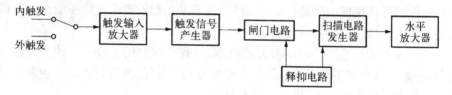

图 1.16　水平系统原理框图

1）触发电路

它的作用是把触发信号变换成具有陡峭前沿且与被测信号的某一同相点严格同步的触发脉冲。触发电路包括：触发输入耦合电路、触发输入放大器和触发信号发生器（触发整形电路）。控制功能有触发源选择、耦合方式选择、触发极性选择、触发方式选择以及触发电平调节等。

触发是示波器使用过程中比较难的事，因为要经过许多选项才会使某些信号有效和精确同步。下面简单介绍部分电路。

● 触发点。触发极性选择器是一个比较器。它的功能就是用来确定在触发信号的哪一点上产生触发脉冲。当触发点在触发脉冲的上升段时，叫上升沿触发；当触发点在触发脉冲的下降段时，叫下降沿触发。设置任何触发条件都需要有一个具体的触发电平,触发电平是指触发点位于触发信号的上部、中部及下部的对应值,它的调节对显示脉冲信号或只显示周期连续信号中某一段具有明显的作用,如图 1.17 所示;对周期重复信号则无明显的作用,如图 1.18 所示。

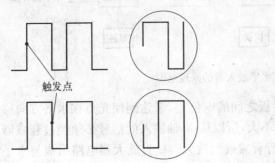

触发点

图 1.17　脉冲信号的显示

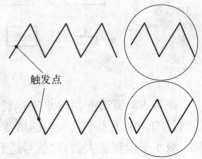

触发点

图 1.18　周期重复信号的显示

如果触发范围很狭窄,如方波或数字脉冲,显示的光迹变化不明显;如果是正弦波或三角波,则应把触发点设置在较慢上升波形的中间,就可得到波形最清晰轨迹。

● 触发源。就是以哪个通道的信号作为触发对象。触发源可以是示波器的任意通道也可以是外部通道。由于触发信号源的不同,因此需要触发整形电路,把不同的触发信号转换成能启动扫描电路的触发脉冲。触发整形电路一般由射极耦合双稳态触发器(施密特触发器)构成。

当触发方式选常态(NORM)方式时,除非有被测的信号或另一种相关的信号时基,否则屏幕上将不显示光迹。这种触发方式不方便,因为如果缺少触发信号或者如果触发旋钮设置不妥,屏幕上没有显示。

自动触发方式(AUTO)解决了这个问题,没有触发时也会有一条时基线自动自由运动。没有信号和当有垂直信号但触发旋钮没能适当设置好而不能同步的垂直偏转也会产生一条水平线,这些立即可反映哪儿出错了。当信号频率低于50 Hz 时,不能使用自动方式,把触发方式开关设置在常态(NORM)方式。

触发方式选择中的 TV 按键是把一个电视同步分离器插入了触发器电路中,因此,从复合电视信号中能分离既有场信号又有行信号的清晰触发信号。设置触发方式按键在 TV,电视同步极性应是负极性。

触发极性选择:在触发极性开关确定了扫描是在触发信号的正边沿还是负边沿,选择最陡峭和最稳定的斜边沿。

2) 扫描电路

扫描电路包括:扫描电压发生器(锯齿波发生器)、扫描闸门电路和释抑电路等。控制功能有扫描时间因数调节和释抑时间调节。

● 扫描电压发生器。密勒积分电路可用作扫描发生器,产生锯齿波。

● 闸门和释抑电路。释抑电路的作用是保证每次扫描都在同样的起始电平上开始,以获得稳定的图像。当触发脉冲触发时基闸门使扫描发生器开始扫描时,释抑电路就抑制触发脉冲继续触发,直至一次扫描过程全部结束,扫描电压回到起始电平上。此时,释抑电路释放触发脉冲,使之再次触发扫描发生器。原理框图如图1.19 所示,波形如图 1.20 所示。

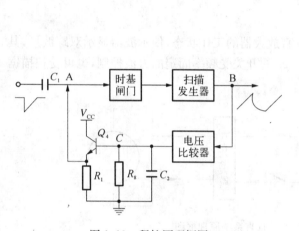

图 1.19　释抑原理框图

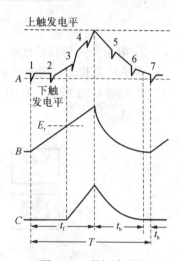

图 1.20　释抑波形图

其中:t_h 为释抑时间;t_f 为扫描正程时间;t_b 为扫描逆程时间;E_r 为预定幅度。

(4) 垂直系统电路

示波器既要能观测小信号(mV 数量级),又要能观测大信号(几十伏至几百伏)。而示波管垂直偏转板的灵敏度较低,要想直接显示幅度相差如此之大的信号,仅用示波管是无法完成的。因此,设置垂直系统(垂直放大器),将被测信号进行放大或衰减,以满足示波管垂直偏转的要求,进而在屏幕上显示出被测信号的波形。垂直系统原理框图如图1.21 所示。

垂直系统主要由输入电路、放大电路、延迟级及电子开关等组成。

1) 输入电路

由于输入信号幅度范围较大,为了保证垂直电路正常工作,需对大信号进行衰减。Y 通道的衰减器共分 11 挡,除 10 mV/div(毫伏/格)挡信号可不经衰减器直接进入后级外,其余各挡一般采用阻容补偿式分压电路来实现。当输入信号是直流或低频时,衰减量由电阻分压决定,当频率较高时则由电容的容抗比值决定。

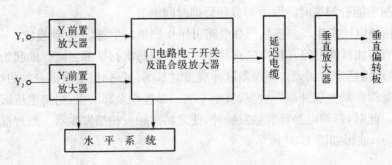

图 1.21   垂直系统原理框图

2) 电子开关与双踪显示

电子开关 K_1、K_2 用于控制垂直放大器的工作状态,使示波器显示双踪波形,其原理图如图 1.22 所示。其中 K_1、K_2 的开关受频率固定的方波控制,也可受扫描锯齿波控制。

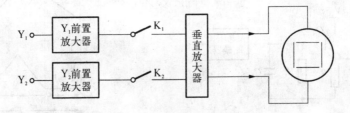

图 1.22   垂直系统原理框图

● "交替"方式。当扫描电压第一次扫描时,K_1 关,K_2 开;第二次扫描时,K_1 开,K_2 关,如此反复,因为交替速度极快,当一个波形的光迹还没有消失时,后一次扫描把另一个波形显示出来了;又由于人眼的视觉残留特性,在荧光屏上就可以看到两个波形。交替显示方式适用于显示高频信号。

● "断续"方式。这种显示方式是在一次扫描时间内轮流开关 K_1 和 K_2,以显示出被测信号的某一段,以后各次扫描均重复以上过程。这样显示出来的波形实际上是由许多线段组成的,当开关的转换频率很高时,这些线段就很短,人眼看上去是连续的波形。断续显示方式适用于观测低频信号。

● 电子开关的切换,可使示波器工作在"交替"或"断续"方式。示波器除了有交替和断续方式工作状态外,还有三个工作状态。若使 K_1 通、K_2 断开,则示波器显示单踪 Y_1 信号;若 K_1 断开、K_2 通,则示波器显示单踪 Y_2 信号;若使 K_1、K_2 都通,则 Y_1 和 Y_2 信号同时进入偏转,信号进行叠加,则示波器工作在"Y_1+Y_2"状态。

2. 数字示波器的基本原理

数字存储示波器的原理框图如图 1.23 所示。

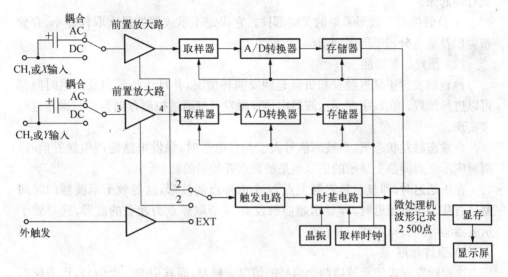

图 1.23　数字存储示波器的原理框图

　　输入信号经耦合电路后送至前端放大器,前端放大器将信号放大,以提高示波器的灵敏度和动态范围。放大器输出的模拟信号由取样/保持电路进行取样,再经过 A/D 转换后,信号转变成了数字信号,然后存入存储器中,微处理器对存储器中的数字化信号波形进行相应的处理,并显示在显示屏上。

　　取样率、带宽和存储深度是数字存储示波器的三大关键指标。

　　(1) 取样率

　　取样:一般把从连续信号转换到离散信号的过程叫取样。

　　取样率就是取样时间间隔,也就是单位时间内完成的完整 A/D 转换的次数。

　　根据奈奎斯特取样定理,对一个最高频率为 f_{max} 的带限信号进行取样时,取样频率必须大于 f_{max} 的两倍以上才能确保从取样值完全重建原来的信号。这里 f_{max} 称奈奎斯特频率,$2f_{max}$ 为奈奎斯特取样率。

　　实际上,示波器的取样率随时基设置(秒/格)的不同而变。两者之间的关系是:

$$取样率 = \frac{所记录波形的长度}{时基 \times 扫描长度}$$

　　(2) A/D 转换

　　若把每一个离散模拟量进行 A/D 转换,就可以得到相应的数字量。如果把这些数字量按序存放在存储器中,就相当于把一幅连续模拟波形以离散数字量的形式存储起来。

　　A/D 转换器是波形采集的关键部件。它决定了示波器的最大取样速率、存储带宽以及垂直分辨率等多项指标。

　　(3) 预置触发功能

　　预置触发含正延迟触发和负延迟触发两种情况,并且正负延迟及延迟时间都可以进行预置。在数字存储示波器中预置触发可以通过控制存储器的写操作过程来实现。

　　在常态触发状态下,当被测信号大于预置电平时,触发电路便产生触发信号,则对应示波器屏幕上显示的信号便是触发点开始后的波形。

　　在正延迟时,即显示延迟触发点 N 个取样点的波形,这等效于示波器的时间窗口右移。在负延迟时,即显示超前触发点 N 个取样点为起点的波形,这等效于示波器的时间窗口左移。

　　1) 事件延迟

　　这种触发方式使示波器两个信号的情况来触发,而其中的一个信号,用来延迟取样的起始点。触发周期是由一个主信号,通常为两个信号通道之一启动的。接收到主触发信号以后,示波器就开始检查第二个信号,并对这个信号上的触发事件进行计数,当达到预先规定的触发事件数时,示波器就开始取样波形,如图 1.24 所示。

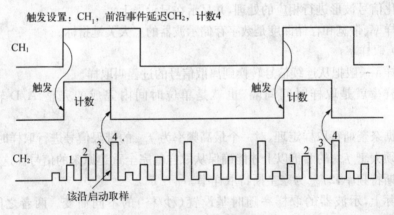

图 1.24　事件延迟

　　2) 条件触发

　　条件触发是两个通道之间的关联触发。当第二个波形设定条件满足一次后,在第一个波形边沿处触发。图 1.25 的触发设置含义是:在 CH_1 的上升沿达到触发电平设置值时,触发 CH_1 的上升沿,但前提是在这之前 CH_2 的电平曾超过了设置的值。

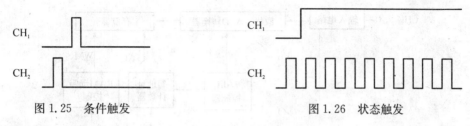

图 1.25　条件触发　　　　　　　　　　图 1.26　状态触发

3）状态触发

状态触发和条件触发类似。当第二个波形设定条件满足并保持该状态后，在第一个波形边沿处触发。它要求第二个波形达到某个条件之后保持该状态。图1.26 触发设置含义是：在 CH_2 的上升沿达到触发电平设置值时，触发 CH_1 的上升沿，但前提是在这之前 CH_1 的电平超过了设置值，并一直保持超过设置值的状态，而且要等到 CH_1 的上升沿有几次达到触发电平之后才触发。

4）同步单次触发后进行测量

在同时测量二路信号时，选择哪种信号作为触发源有时相当重要。譬如您需要同时查看三路信号（V_1、V_2、V_3）的上电时序，但示波器只有两个通道，这时候可以通过两次开机的单次触发捕获。我们可以以某复位信号 Vrst 作为触发源进行单次触发，第一次测量 Vrst，V_1，在 File 菜单下的"Save Waveform"菜单中将第一次测到的这些波形保存为二进制格式，通过 Recall Waveform 的方式将这些波形回调到示波器屏幕，显示为 M_1、M_2；再以复位信号作为触发源，这次可以外部触发的方式，同时测量 V_2、V_3，这样 V_1、V_2、V_3 就全部同步显示在示波器的屏幕上了。

（4）带宽

数字存储示波器的带宽分为模拟带宽和存储带宽。通常说的带宽都是指示波器的模拟带宽，即一般在示波器面板上标称的带宽。由奈奎斯特定理可知，对于最大取样率为 1 GS/s 的示波器，可以测到的最高频率为 0.5 GHz，即取样率的一半，这就是示波器的数字带宽，而这个带宽是数字存储示波器的上限频率，实际带宽是不可能达到这个值的，数字带宽是从理论上推导出来的，是数字存储示波器带宽的理论值。存储带宽与取样率密切相关，通常还与示波器所采用的取样模式（实时模式和等效时间模式）有关。

（5）实时采样方式

实时采样方式的采集原理框图如图 1.27 所示。

实时采样模式用来捕获非重复性或单次信号，使用固定的时间间隔进行采样，按照取样先后的次序进行 A/D 转换并存入存储器中。触发一次后，示波器对电压进行连续采样，然后根据采样点重建信号波形。实时采样方式对观测单次出现的信号非常有效，是数字存储示波器必须具备的采样方式，但实时取样方式受到 A/D

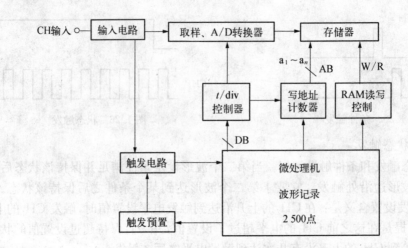

图 1.27　实时采样方式的采集原理框图

转换器最高转换速率的限制,带宽取决于 A/D 转换器的最高取样速率和所采用的内插算法。

实时带宽也称为有效存储带宽,是数字存储示波器采用实时采样方式时所具有的带宽。

通常用有效存储带宽(B_W)来表示数字存储示波器的实际带宽,其定义为:

$$B_W = 最高取样速率(MHz)/K$$

最高取样速率对于单次信号来说指其最高实时取样速率,即 A/D 转化器的最高速率;对于重复信号来说指最高等效取样速率。K 称为带宽因子,取决于数字存储示波器采用的内插算法。数字存储示波器采用的内插算法一般有线性(linear)插值和正弦($\sin x/x$)插值两种。K 用线性插值时约为 10,用正弦内插约为 2.5,而 $K=2.5$ 只适于重现正弦波,对于脉冲波,一般取 $K=4$,此时,具有 1 GS/s 采样率的数字存储示波器的有效存储带宽为 250 MHz。

1)扫描速度 t/div 控制器

是一个时基分频器,用于控制 A/D 转换速率以及存储器的写入速度,它由一个准确度、稳定性很好的晶体振荡器、一组分频器和相应的组合电路组成。

2)写地址计数器

是用来产生写地址信号,它由二进制计数器组成,计数器的位数由存储长度来决定。写地址计数器的计数频率应该与控制 A/D 转换器的取样时钟的频率相同。

(6)等效时间采样方式的采集

等效时间采样,包括顺序采样和随机重复采样两种,是对周期性波形在不同的周期中进行采样,然后将采样点拼接起来重建波形,为了得到足够多的采样点,需要多次触发。即周期性的高频信号变换成波形与其相似的周期性低频信号,然后再做进一步的处理,因而可以比较容易地获得很宽的频带宽度。采用等效时间取样方式的采集原理框图如图 1.28 所示。

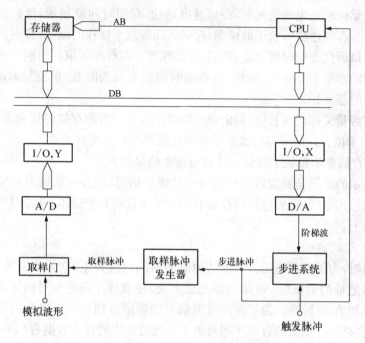

图 1.28　采用等效时间取样方式的采集原理

（7）分辨率

分辨率用于反映存储信号波形细节的综合特性,分辨率包括垂直分辨率和水平分辨率。垂直分辨率决定了数字存储示波器所能分辨的最小电压增量,通常用 A/D 的位数 n 表示。垂直分辨率与 A/D 转换器的分辨率相对应,常以屏幕每格的分级数（级/div）表示。水平分辨率由存储器的容量来决定,常以屏幕每格含多少个取样点（点/div）表示。屏幕坐标的刻度一般为 8×10 div。若示波器采用 8 位 A/D 转换器（256 级）,则其垂直分辨率为 32 级/div,用百分数表示为 $1/256 \approx 0.39\%$。若采用容量为 1 KB 的存储器,则水平分辨率 $1024/10 \approx 100$ 点/div,或用百分数表示为 $1/1024 \approx 0.1\%$。如果你示波器当前的垂直刻度设置成 1 V/div 的挡位,那意味着你的测量值有 $8 \text{ V} \times 0.391\% = 31.25$ mV 以内的误差是正常的。因为小于 31.25 mV 的电压示波器在该挡位下已经分辨不出来了,所以建议尽可能调整波形让其充满整个屏幕,充分利用 8 位的分辨率。

（8）存储容量

把经过 A/D 数字化后的八位二进制波形信息存储到示波器的高速存储器中,

就是示波器的存储,这个过程是写过程。存储器的容量(存储深度)是很重要的。对于数字存储示波器,其最大存储深度是一定的,但是在实际测试中所使用的存储长度却是可变的。

在存储深度一定的情况下,存储速度越快,存储时间就越短,他们之间是一个反比关系。存储速度等效于取样率,存储时间等效于取样时间,取样时间由示波器的显示窗口所代表的时间决定,所以,存储深度=取样率×取样时间。由于数字存储示波器的水平刻度分为 10 格,每格的时间长度即为时基,单位是 t/div,所以取样时间=时基×10。

存储容量又称记录长度,用记录一帧波形数据占有的存储容量来表示,常以字(word)为单位。存储容量与水平分辨率在数值上互为倒数关系。

(9) 存储显示是数字存储示波器最基本的显示方式

它显示的波形是触发后所存储的一帧波形信号,即在一次触发所完成的一帧信号数据采集之后,再通过控制存储器的地址依次将数据读出,并经显存处理显示在显示屏上。

(10) 双踪显示

存储时,为了使两通道波形保持原有的时间对应关系,常采用交替存储技术。即利用写地址的最低位 A0 来控制通道开关,使取样电路轮流对两通道输入信号进行取样和 A/D 转换。为了使两通道信号的波形分别显示于屏幕的上半部和下半部,可将存入存储器的数字序列通道 1 与通道 2 中的每一数据右移一位(即除以2);再将通道 2 中每一个数据的最高位置 1,将通道 1 中每一个数据的最高位保持为零,便可达到两通道信号分区域显示的效果。

1.3.4　波形参数测量的实验内容和方法

1.3.4.1　模拟示波器

1. 单踪操作

以测试电路中某一点的电压为例:静态工作点电压为 0.55 V,交流方波信号峰-峰值为 0.5 V,频率为 1 kHz。

(1) 静态工作点的电压读数

1) 在测试前首先将输入信号耦合模式选择在 GND 位置,调节垂直位置旋钮,建立一个对地的参考线,本例题为最下面一根线为对地参考线。

2) 然后输入信号耦合模式改为 DC。

3) 示波器 Y 轴设置每格 10 mV,示波器探头衰减 10 倍,

$$幅度(V) = 格数(div) × Y 轴灵敏度(V/div) × 10(示波器探头衰减 10：1)$$

则示波器显示的实际读数是每格 10 mV×10 = 100 mV,示波器显示一条直线,对最

下面一根线而言总共 5.5 格,那么静态工作点的电压就是 $5.5 \times 100 \, \text{mV} = 0.55 \, \text{V}$。

(2) 幅度(Y 轴)的读数(此时电路加交流信号)

1) 旋钮开关设置如表 1.2 所示,此时屏幕上应显示波形,如图 1.29 所示。

表 1.2　旋钮开关设置表

控 制 旋 钮	作 用 位 置
信源 CH$_1$	0.5 V、1 kHz 方波 静态工作点电压为 0.55 V
输入信号耦合模式	DC
垂直方式开关	CH$_1$
触发源开关	CH$_1$
触发方式开关	自动
内/外触发开关	内
X 轴位移	居中
Y 轴位移	居中
时基开关	0.2 ms
示波器探头衰减开关	×10
灵敏度开关	CH$_1$ 置于 10 mV

2) 示波器显示方波波形总共 5 格,那么峰-峰值就是 $5 \times 100 \, \text{mV} = 0.5 \, \text{V}$。

方波的低电平对地共 3 格,则 $3 \times 100 \, \text{mV} = 0.3 \, \text{V}$;

方波的高电平对地共 8 格,则 $8 \times 100 \, \text{mV} = 0.8 \, \text{V}$;

峰-峰值 $= 0.8 \, \text{V} - 0.3 \, \text{V} = 0.5 \, \text{V}$,静态工作点的电压 $= 0.55 \, \text{V}$。

(3) 周期的读数(X 轴)

示波器 X 轴设置每格 0.2 ms,示波器显示一个周期的波形总共 5 格,则示波器显示的周期实际读数是 $5 \times 0.2 \, \text{ms} = 1 \, \text{ms}$,即频率 $f = 1 \, \text{kHz}$。记录波形如图 1.30 所示。

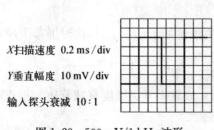

X 扫描速度　0.2 ms/div

Y 垂直幅度　10 mV/div

输入探头衰减　10∶1

图 1.29　500 mV/1 kHz 波形

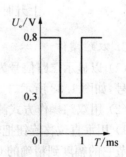

图 1.30　记录波形

（4）上升沿或下降沿时间的测量

上升（或下降）时间的测量与周期测量方法一样，只不过是测量被测波形满幅度的 10% 和 90% 之间的水平轴距离，测量步骤如下：

1）调整电压垂直衰减器和微调开关，使波形的垂直幅度显示 5 格。

2）调整垂直位置，使波形的顶部和底部分别位于 100% 和 0% 的刻度线上，如图 1.31 所示。

3）调整扫描速度开关，使屏幕显示出波形的上升或下降沿，如图 1.31 所示。

4）调整水平位移，使波形上升沿的 10% 处于相交于某一垂直刻度线上。

5）测量 10% 到 90% 之间的水平距离（格），如波形的上升沿或下降沿较快，则可将水平扩展 ×10 挡按下，使波形在水平方向上扩展 10 倍，如图 1.32 所示。

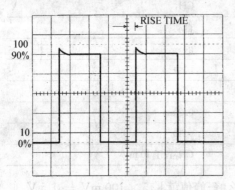

图 1.31　基本波形

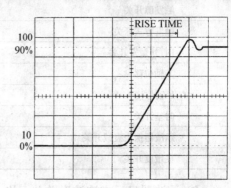

图 1.32　水平放大（扩展×10）

6）按下面公式计算波形的上升（或下降）时间。

$$上升（或下降）时间 = \frac{水平格数 \times 扫描时间衰减\ time/div}{水平扩展倍数}$$

上图例题中，波形上升沿的 10% 到 90% 水平距离为 2.4 格，扫描时间灵敏度为 $1\,\mu s/div$，水平扩展 10 倍，则根据公式算出：

$$上升时间 = \frac{2.4\,div \times 1\,\mu s/div}{10} = 0.24\,\mu s$$

2. 双踪操作

（1）以显示二路信号为例，旋钮开关设置如下（表 1.3），此时屏幕上应显示二路信号，如图 1.33 所示。

（2）用双踪操作方式测量相位差步骤如下：

1）用垂直位移旋钮把轨迹移到中心，依靠垂直灵敏度衰减旋钮和垂直微调旋钮调节它的幅度到精确的 6 个垂直分格。

2）调整触发水平旋钮，确保轨迹起始点穿过水平中心格线或附近。

表 1.3　旋钮开关设置表

控 制 旋 钮	作 用 位 置
信源 CH$_1$	0.5 V、1 kHz 方波
信源 CH$_2$	1 V、2 kHz 方波
垂直方式开关	ALT
触发源开关	CH$_1$
触发方式开关	自动
内/外触发开关	内
X 轴位移	居中
Y 轴位移	CH$_1$ 中偏上 CH$_2$ 中偏下
时基开关	0.1 ms
示波器探头衰减开关	×10
灵敏度开关	CH$_1$ 置于 20 mV CH$_2$ 置于 20 mV

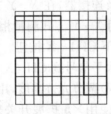

X 扫描速度　0.1 ms/div
Y 垂直幅度　20 mV
输入探头衰减　10:1

图 1.33　0.5 V、1 kHz 方波；1 V、2 kHz 方波

图 1.34　双踪方式相位测量

100
90%

10
0%

相位
7.2 div=360

3) 调整水平灵敏度衰减旋钮、水平微调旋钮和水平位移旋钮,显示一个轨迹在 7.2 格,这样操作后,水平格线上主格代表 50°,每一微格代表 10°。

4) 波形中的相应点距离就是相位差。例如,在图 1.34 中的距离是 6 微分格或 60°。

5) 如果相位差小于 50°(一个主分格),那么就开启×10 扩展开关,如有必要调节水平位移旋钮,把轨迹移到测量区域,主分格每格 5°,微分格每格 1°。

3. 外触法操作

以显示两路信号为例,旋钮开关设置如下(表 1.4),此时屏幕上应显示二路信号,如图 1.35 所示。

表 1.4　旋钮开关设置表

控 制 旋 钮	作 用 位 置
外触发输入座 EXT 信源 CH_1 信源 CH_2	0.5 V、500 Hz 方波 0.5 V、1 kHz 方波 0.8 V、2 kHz 方波
内/外触发开关 X 轴位移	外 居中
Y 轴位移	CH_1 偏上 CH_2 偏下
时基开关	0.1 ms
示波器探头衰减开关	×10
灵敏度开关	CH_1 置于 20 mV CH_2 置于 20 mV

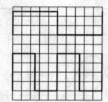

图 1.35　0.5 V、1 kHz 方波,
0.8 V、2 kHz 方波波形图(X 扫
描速度 0.1 ms/div;Y 垂直幅度
20 mV;输入探头衰减 10∶1)

4. X-Y 方式

在 X-Y 方式时不能用示波器内部时基,垂直和水平偏转是通过外触发信号来实现的,垂直 CH_1 通道作为 X 轴(水平)信号设置,因此水平轴和垂直轴有同样便利的操作旋钮。

所有的垂直方式开关、触发开关以及与之有关的旋钮及连接器,在 X-Y 方式中都没有用了。

(1) 用 X-Y 方式测量相位差步骤如下:

1) 按下 CH1-X 按钮。

2) 加垂直信号到 CH_2(Y 轴)输入座,水平信号到 CH_1(X 轴)输入座。

3) 用通道 CH_2 衰减开关(VOLTS/DIV)调节光迹高度,用通道 CH_1 衰减开关(VOLTS/DIV)调节光迹宽度,如有必要可使用×5 扩展开关来调高波形,因此垂直微调旋钮应设置在校准位。

4) 用通道 CH_2 垂直位移旋钮来调节垂直(Y)轴位移,用水平位移旋钮来调节水平(X)轴位移;垂直通道 CH_1 垂直位移旋钮在 X-Y 方式中无效。

5) 垂直(Y)轴信号通过按压 CH_2 反相开关(INV)可以变成 180°反相信号。

6) 正弦波经移相电路后,用 X-Y 方式测量,在示波器上显示椭圆图形,如图 1.36 所示,相移 $Q = \arcsin A/B$。

(2) X-Y 方式允许示波器进行常规示波器所不能做的很多测试。

示波器可以显示一个电子图形或两个瞬时的电平。它可以是两个电平直接的比较就像向量示波器显示视频彩条图形。如果使用一个传感器将有关参数(频率,

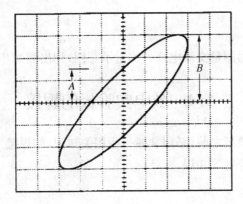

图 1.36 用 X-Y 方式测量相位差

温度,速度)转换成电压,X-Y 方式就可以显示几乎任何一个动态参数的图形。一个通用的例子就是频率响应的测试。这里 Y 轴对应于信号幅度,X 轴对应于频率。

1.3.4.2 数字示波器

与模拟示波器相比,方法基本类同,不同的是测试数据模拟示波器是人工读取,数字示波器自动读取,并将数据显示在屏幕上。

一般测量方法:按自动设置,示波器就自动设置垂直、水平和触发控制。如果要优化波形的显示可手动调整上述控制。

数字示波器测量功能包括:波形上任意两点间的电位差以及时间差的测量、波形的前后沿时间测量、峰-峰值测量、有效值测量、频率测量、显示波形平均值处理、两波形的加减乘运算、波形的频谱分析等。

X-Y 方式的区别:数字示波器与模拟示波器的区别在于数字示波器的带宽为示波器的全部采集带宽,显示的是在某一单个记录中所包含的采样点数据。这些数据只能表示在一个有限的时间内(该记录的时间长度)的波形,而模拟示波器给出的是一个连续的、动态的显示图形。

1.3.5 实验器材

(1) 模拟示波器   1台

(2) 数字示波器   1台

(3) 数电实验板   1块

(4) 相移器   1台(自制)

1.3.6 实验报告要求

(1) 测量记录数电实验板中部分电路的数据。

(2) 画出相位测量波形图。

1.3.7　思考题

试画出用示波器测量交流电流的测量示意图,列出测试步骤。

1.4　数电实验板的焊接

在焊接数电实验板之前,必须掌握一些相关知识,如焊接工具、焊接工艺、印制板设计规则和预防静电等知识。

1.4.1　实验目的

焊接数电实验板。

1.4.2　预习要求

(1) 了解焊接工具。

(2) 掌握焊接工艺。

(3) 测量注意事项。

(4) 熟知预防静电的措施。

1.4.3　焊接的相关知识

1.4.3.1　电烙铁

电烙铁分控温电烙铁和尖头电烙铁,如图 1.37 和图 1.38 所示。

图 1.37　控温电烙铁　　　　　　　　　图 1.38　尖头电烙铁

尖头电烙铁分内热式和外热式。功率可分为:15 W、25 W、35 W、50 W、80 W、100 W、150 W、200 W、300 W 等。

1. 烙铁头种类

(1) 圆头:用于焊较大的焊点,如直插元器件。

(2) 尖头:用于焊较小的焊点,如贴片元器件。

（3）扁头、刀型头：用于焊大焊点，如大型插座。

目前电子行业为了环保普遍使用无铅烙铁头。

2. 电烙铁使用步骤

控温电烙铁使用步骤如下（尖头电烙铁参考控温电烙铁的使用步骤）：

（1）将温度设定控制旋钮转至低温位置，打开电源"开关"。

（2）加温到达 200℃后，在烙铁头粘锡面加含助焊剂的锡丝。

（3）在 200℃持续加温 5 min 后，再将温度设定控制钮转至适当的使用温度位置。

（4）到达适当的温度后，即可开始使用。

3. 烙铁头的维护保养

（1）不要让烙铁头长时间停留在过高温度，否则易使烙铁头表面电镀层龟裂。

（2）在焊接时，不要给烙铁头加以太大的压力摩擦焊点，否则易使烙铁头受损。

（3）绝对不要用粗糙的材料或锉刀清理烙铁头，视需要可以用金刚细砂布小心摩擦，并加温到 200℃立即粘锡防氧化。

4. 烙铁的正确使用

（1）烙铁的握法：a. 低温烙铁：手执钢笔写字状。

　　　　　　　　b. 高温烙铁：手指向下抓握。

（2）烙铁头与印刷电路板（PCB）的理想角度：45℃。

（3）烙铁头需保持干净。

（4）控温太低将减缓焊锡的流动，控温过高会把焊锡中的助焊剂烧焦而转为白色浓洇，造成虚焊或烧伤电路板。一般使用不应该超过 380℃。如果有需要使用较高温度，使用时间一定要短。

（5）焊接时间及温度设置

1）温度由实际使用决定，以焊接一个锡点 4 s 最为合适，最大不超过 8 s，平时观察烙铁头，当其发紫的时候，说明温度设置过高。

2）一般直插元器件，将恒温烙铁头的实际温度设置为 350～370℃。

3）贴片元器件（SMC），将恒温烙铁头的实际温度设置为 330～350℃。

4）特殊元器件，需要特别设置烙铁温度。如 FPC，LCD 连接器等要用含银锡线，温度一般在 290～310℃。

5）焊接大的元件脚，温度不要超过 380℃，但可以增大烙铁功率。

6）当用 25～40 W 的尖头电烙铁时，一般 2～3 s 后，当看到焊锡流淌并充满焊盘后，即可移开电烙铁，注意保持元件位置不能松动。

5. 接地线

（1）焊接电子元器件时，为了防止电烙铁上的静电损坏电子元器件，三芯电源线的接地端必须可靠接地,以确保使用安全。

(2) 如果尖头电烙铁是二芯电源线,那么必须增加一根导线,将室内地线与尖头电烙铁外部的金属外壳相连接。

(3) 如果尖头电烙铁有一根线悬空,那么必须将悬空的线接到接地端,确保电源插座接地端与电烙铁的金属外壳相连接。

1.4.3.2　焊接技术和工艺

焊接是通过加热的烙铁将焊锡丝熔化,再借助于助焊剂的作用,使焊锡丝流入被焊金属之间,待冷却后形成焊接点,是一个物理和化学过程的结合。

1. 焊接前的准备工作

(1) 熟悉电原理图,尽量看懂各元器件的作用。

(2) 核对清单上所列各元器件的数量和规格。

(3) 电路板表面已镀锡防氧化处理,避免手指直接触摸,防止沾上油腻和污物。

(4) 装配印制板最重要的因素是好的焊接技术。建议使用 25～40 W 的尖头电烙铁或恒温烙铁,烙铁的顶部头应保持清洁使之容易上锡,一般可将烙铁头在潮湿的专用海绵上擦去氧化层。

(5) 只能用优质的松香焊锡丝,助焊剂使用松香酒精溶液。不能用酸性的焊油,防止酸性焊油腐蚀元件和焊盘。

(6) 元器件焊接原则: a. 先小后大,先低后高。

b. 多引脚元件先焊一个引脚,整理位置后再焊其余引脚。

2. 正确的焊接步骤

(1) 右手电烙铁,把它推向引脚和焊盘,如图 1.39 所示。

(2) 将少量的焊锡放在烙铁尖上,可以使热量从烙铁上传到焊盘上。然后用左手送上焊锡丝,将焊锡熔化。这时,看到焊锡在焊盘上自由流动,充满整个焊盘,如图 1.40 所示。

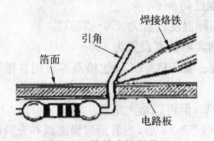

图 1.39　烙铁头接触位置

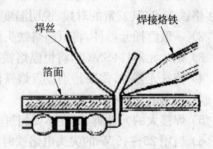

图 1.40　焊丝的供给

3. 贴片元器件的焊接

(1) 选择贴片元器件的一个焊盘预上锡。

（2）用镊子夹住贴片元器件放在焊盘上，用烙铁熔化预上锡焊盘的焊锡，将贴片元器件移动到正确位置，把该引脚焊牢。

（3）完成其他引脚的焊接。

4. 数电实验板的焊接次序

贴片元器件─→裸铜导线─→发光二极管─→集成电路插座─→电位器─→数码显示管─→插针─→电源插座─→USB 插座─→电解电容─→冷却后剪掉多余引脚，脚露出板子的长度在 1～1.2 mm ─→完成数电实验板的焊接工艺。

5. 焊接质量

锡点圆满、光滑、无针孔、无松香渍，没有虚焊、少锡、多锡和短路现象。

1.4.3.3　印制板设计规则

1. 基本概念

（1）位号：为了区分电路图上同一类元件中的不同个体而分别给其编的号。

（2）值：表示元件特性的具体数值或器件型号。

（3）库：为了区分电路原理图和印板上不同元件而分别建的图形。

2. 数电实验板所用元器件规则汇总（表 1.5）

表 1.5　数电实验板元器件汇总表

名　称	位　号	值	原理图库	印制板库
电阻 R	R_7	2 000 Ω	R_7　2 kΩ	R_7
电位器 VR	VR_1	22 000 Ω	22 kΩ　VR_1	VR_1
自恢复电阻 F	F_1	FUSE/SM	FUSE/SM F_1	F_1
电容 C	C_{14}	0.1 μF	C_{14} 0.1 μF	C_{14}
电解电容 C	C_{17}	16 V - 100 μF	C_{17} 100 μF / 16 V	C_{17}

名　称	位　号	值	原理图库	印制板库
二极管 D	D_1	HZ5.6	D_1 HZ5.6	D_1
直插二极管 D	D_{19}	绿灯	D_{19} 绿灯	D_{19}
集成电路 IC	IC_{12}	74LS04 或 CD4011	IC_{12} 74LS04或CD4011	IC_{12}
裸铜导线 JMP	JMP_{32}	5 mm	无	$\overline{JMP_{32}}$
插座 J	J_{17}	2 列 4 排	$4×2$ J_{17}	J_{17}

1.4.3.4　测量注意事项

（1）要求将电子设备的金属外壳接地。因为如果电子设备漏电，外壳对地有一个电压，如果此电压较高，会使人接触电子设备外壳时触电。当电子设备的金属外壳接地后，电子设备的金属外壳对地电压就很小，确保了安全。

（2）实验室或家里 220 V 交流电源插座有三个插孔，其中一个插孔已将地线接好，只要用三芯插头插入插座，电器外壳就接地了。

1.4.3.5　静电(ESD)问题

ESD 是 Electro-Static discharge 的缩写，即"静电释放"。静电是一种电能，它存在于物体表面，是正负电荷在局部不平衡时产生的一种现象，当它的电能达到一定程度后，击穿介质而进行放电的现象就是静电放电。

1. 静电产生原因

（1）接触分离起电：两个不同的物体接触后再分离即可产生静电。如脱衣服、剥离一张塑料薄膜而产生静电。

（2）摩擦起电：是一个机械过程，两个不同的物体不断接触与分离的过程即可产生摩擦静电。如物体的移动或摩擦而产生静电。

（3）感应起电：针对导体材料而言，当带电导体接近不带电导体时，会在不带电的导体的两端分别感应出正、负电荷，即可产生感应静电。

（4）传导起电：针对导电材料而言，因电子能在它的表面移动，即可产生传导静电。如带电物体接触，将会发生电荷转移，即可产生传导静电。

2. 静电对电子产品的危害分类

（1）静电放电电流直接通过电路，感应的电压或电流超过电路的允许范围，造成电路损坏。

（2）静电放电电流产生的电磁场通过电容耦合、电感耦合或空间辐射耦合等途径对电路造成干扰。

（3）静电电流产生热量导致电子产品的热失效。

（4）由于静电感应出高的电压导致绝缘击穿。

3. 防静电的措施

（1）穿全棉的工作服。

（2）实验室铺设抗静电地板或抗静电地毯。

（3）实验人员佩带防静电手腕带、脚腕带和穿防静电鞋。

（4）电子产品用防静电袋包装。

（5）在实验室安装单独的防静电接地线。

要控制静电，最有效的措施是让静电以最快的速度落入大地，即人体与大地相"连接"，即接地，以消除其聚集的电能。

通常，接地线埋入地下深度大于 2 m，用 25 mm² 的铜芯线与地网引线通过铜线连接器紧固件引入实验室内，防静电接地线电阻不大于 0.5 Ω。

防静电接地线主要是针对电子设备及电路的需要而设计安装的，与电子设备及电路工作与否无关。安全接地线是针对电子设备及电路漏电自身安全和使用者的安全，而必需的保护接地线，安全接地电阻不大于 2 Ω。两者的用途功能是不一样的，所以不能共用一根接地线。

第2章 基本门电路外部特性的实验和研究

门电路把抽象的"0"和"1"具体化了,通过实验理解数字电路上的"0"和"1",也在布尔代数和数字电路之间架起了桥梁。

2.1 基础知识——TTL非门电路原理

标准74系列TTL与非门电路如图2.1所示。

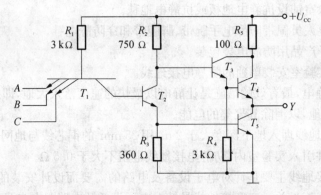

图2.1 标准TTL与非门电路图

工作原理如下:

(1) 多发射极三极管 T_1 完成了逻辑"与"的功能。T_1 的等效电路如图2.2所示。

(2) 当输入端A、B中至少有一个为低电平($V_{IL} = 0.3\,V$)时,T_1 的基极和该发射极之间便导通,所以 T_1 的基极电位:

$$V_{B1} = V_{IL} + V_{BE1} = 0.3\,V + 0.7\,V = 1\,V$$

T_2 基极的反向电流就是 T_1 的集电极电流,其值极小,因此 T_1 处于深饱和状态,集电极和发射极之间的导通压降为 $0.1\,V$,由此可以得到:

$$V_{C1} = V_{IL} + V_{CES1} = 0.3\,V + 0.1\,V = 0.4\,V$$

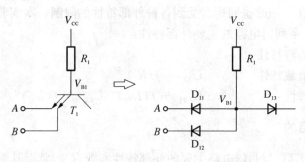

图 2.2 多发射极三极管等效电路

因为 $V_{C1} = 0.4\,\text{V}$，所以 T_2、T_5 均为截止，V_{CC} 经 R_2 使得 T_3、T_4 导通。T_2、T_4 处于跟随器工作状态，基极和发射极间的导通压降为 $0.7\,\text{V}$。所以空载时的输出电压 V_{OH} 为：

$$V_{OH} \approx V_{CC} - V_{BE3} - V_{BE4} = 5 - 0.7 - 0.7 = 3.6\,\text{V}$$

（3）当输入电平 A、B 均为高电平（$V_{IH} = 3.6\,\text{V}$）时，T_1 的基极电位足以使得 T_2、T_5 的发射极导通。V_{BE1} 的电位被钳制在 $2.1\,\text{V}$，这时 T_1 的发射极处于反向偏置，集电极处于正向偏置，此时 T_1 的状态称之为"倒置"放大。倒置放大时，其 β 值很小。所以此时有

$$I_{B2} = I_{B1}(1+\beta_{反}) \approx I_{B1} \approx \frac{V_{CC} - V_{B1}}{R_1} = \frac{5 - 2.1}{3} = 0.97\,\text{mA}$$

$$I_{C2} = \frac{V_{CC} - V_{CE2} - V_{BE5}}{R_2} = \frac{5 - 0.3 - 0.7}{0.75} \approx 5.3\,\text{mA}$$

由 I_{B2} 和 I_{C2} 之间的关系可以求出 T_2 的 β 值，只要有几个 β 值，就可以使得 T_2 处于深饱和状态。此时 T_3 的基极电位为：

$$V_{B3} = V_{C2} = V_{CE2} + V_{BE5} = 0.3 + 0.7 = 1\,\text{V}$$

由于 T_3 的基极电位是 $1\,\text{V}$，从而使得 T_3 导通，这时 T_4 的基极电位为

$$V_{B4} = V_{E3} = V_{B3} - V_{VE3} = 1 - 0.7 = 0.3\,\text{V}$$

因此 T_4 截止。T_5 由于 T_2 能够提供了足够的基极电流，处于深饱和状态，因此输出电压 V_O 为低电平，其值为 $V_{CE5} \approx 0.3\,\text{V}$。

2.2 TTL 门电路外部特性的实验研究

在实际的数字系统中，所使用的集成电路外部特性并不是理想的。基本的集

成逻辑门电路在使用时也同样会受到各种外部特性的限制。本实验主要是研究和测试常见的 74 系列门电路的主要外部特性:

(1) 电压传输特性

(2) 输入负载特性　　　　　$U_{RI} = f(R_I)$

(3) 输出特性　　　　　　　$U_{OH} = f(I_{OH})$　　$U_{OL} = f(I_{OL})$

2.2.1　实验目的

(1) 掌握 TTL 与非门电路主要的外部特性参数意义,掌握其测试原理。

(2) 掌握 TTL 基本门电路的使用方法。

(3) 理解 V_{iL} 和 V_{iH} 的意义。

2.2.2　预习要求

(1) 复习 TTL 门电路的工作原理以及外部特性参数的定义和测试方法。

(2) 对实验题进行理论分析和计算。

(3) 学习 74LS04、74LS00 参数手册,并归纳我们关心的参数值。

2.2.3　实验原理

2.2.3.1　电压传输特性

电压传输特性是研究输出电压 U_O 对输入电压 U_I 变化的响应。通过研究门电路的电压传输特性,还可以从曲线中直接读出几个门电路的重要参数:

(1) 阀值电压 U_T:指传输特性曲线的转折区所对应的输入电压,也称门槛电压。U_T 是决定与非门电路工作状态的关键值。$U_I > U_T$ 时,门输出低电平 U_{OL},$U_I < U_T$ 时门输出高电平 U_{OH}。

(2) 关门电压 U_{OFF}:在保证输出为额定高电平的 90% 条件下,允许的最大输入低电平值。

(3) 开门电压 U_{ON}:在保证输出为额定低电平时,所允许的最小输入高电平值。

(4) 低电平噪声容限 U_{NL}:在保证输出高电平不低于额定值的 90% 的前提下,允许叠加在输入低电平的噪声。$U_{NL} = U_{OFF} - U_{IL}$。

(5) 高电平噪声容限 U_{NH}:在保证输出低电平的前提下,允许叠加在输入高电平的噪声。$U_{NH} = U_{IH} - U_{ON}$。噪声容限是用来说明门电路抗干扰能力的参数,噪声容限越大,则抗干扰能力越强。

电压传输特性曲线测试电路如图 2.3 所示。图中输入电压 U_I 变化范围为 0 ～ 4.6 V,输出端接直流电压表。调节 10 kΩ 的可变电阻 R_w 改变输入电压 U_I,即可得到相应的 U_O。测试时可用示波器 X - Y 方式直接测试出特性曲线,也可以采用逐点测试法,在方格纸上描绘出曲线。逐点测试 U_I 及 U_O,描绘成曲线。测得的 $U_O = f(U_I)$ 的曲线如图 2.4 所示,由图可知:

1) AB 段为截止区,输入电压 $U_I < 0.6\,V$,与之相对应的输出电压 $U_O = 3.6\,V$,U_O 的逻辑表现为"1"。

2) BC 段为线性区,输入电压在 $0.6\,V < U_I < 1.3\,V$,对应 U_O 的输出线性下降,U_O 的逻辑不能确定。

3) CD 段为转折区,转折区中间位置对应的输入电压称为阀值电压 U_T,U_T 的典型值通常为 $1.4\,V$。

4) DE 段为饱和区,输入电压 $U_I > U_T$。

在常规的使用中,应该避免输入电压在 $0.6 \sim 1.3\,V$ 间以造成输出逻辑的不确定。

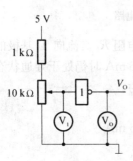

图 2.3　电压传输特性测试电路图

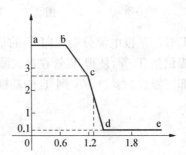

图 2.4　电压传输特性曲线

2.2.3.2　输入负载特性

输入负载特性是研究门电路输入端的负载电阻和电压之间的关系,如图 2.5 所示。在设计数字电路的过程中,经常会存在某个与非门的输入端通过一个电阻接地,或者是与非门输入端的负载具有一定的内阻的情况。在正常情况下,输入端 U_I 的值低电平时为 $V_{ILmax} < 0.8\,V$,高电平时 $V_{IHmin} > 2.0\,V$。如果输入端的负载电阻 R_L 使得 U_I 的值超过正常的范围,门电路将会进入不稳定的工作状态。

(1) 输入端为低电平　由图 2.5 可知,为使稳定地输出高电平,输入端电平 $V_{ILmax} < 0.8\,V$,则 R_L 的值可由下式求出

$$\frac{V_{CC} - V_{BE1}}{R_1 + R_L} \cdot R_L \leqslant V_{ILmax}$$

解得:$R_i \leqslant 0.91\,k\Omega$

(2) 输入端为高电平

当输入端为高电平时,T_5 管和 T_2 管处于饱和导通状态,输出低电平。由于 T_5 管和 T_2 管导通,T_1 管的基极电位被钳制在 $2.1\,V$ 左右。V_I 的值钳制在 $1.4\,V$ 左

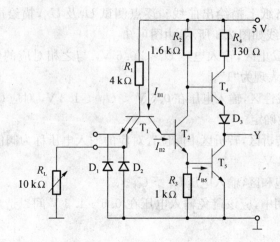

图 2.5　CT7404 输入负载电路

右。T_1 管的基极电流分别流向 T_2 的基极和外负载电阻 R_L。流向 T_2 基极的电流主要是提供给 T_5 管,使得 T_5 管在最大灌电流 $I_{OL} = 16\text{ mA}$ 时仍处于导通状态。设电路内部三极管的 $\beta \geqslant 10$,则 T_5 的基极驱动电流应为:

$$I_{b5} \geqslant \frac{I_{c4}}{\beta_4} = \frac{16\text{ mA}}{10} = 1.6\text{ mA}$$

T_2 的发射极电流为:

$$I_{e2} \geqslant \frac{V_{e2}}{R_3} + I_{b5} = \frac{0.7\text{ V}}{1\text{ k}\Omega} + 1.6\text{ mA} = 2.3\text{ mA}$$

T_2 的基极驱动电流为:

$$I_{b2} \geqslant \frac{I_{e2}}{1 + \beta_2} \approx 0.21\text{ mA}$$

因此可以得出:

$$R_i \geqslant \frac{1.4\text{ V}}{I_{b1} - I_{b2}} = \frac{1.4\text{ V}}{0.725\text{ mA} - 0.21\text{ mA}} \approx 2.7\text{ k}\Omega$$

测试电路如图 2.6 所示。调节 10 kΩ 的可变电阻 R_I,测得 7404 门电路的 $V_{RI} = f(R_I)$ 的曲线如图 2.7 所示:

1) 电压 V_{RI} 随 R_I 电阻的增大而上升,电阻在 0~1 kΩ 时,电压 V_{RI} 随电阻的增大而线性上升。

2) 通常将对应于 $V_{RI} = 0.8$ V 时的电阻 R_I 称为关门电阻。

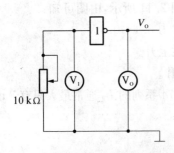

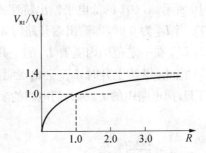

图 2.6　7404 输入负载特性测试电路　　　　图 2.7　输入负载特性曲线

3）与关门电阻相对应，有开门电阻 R_{ON}。开门电阻测量方法是：增大测试电路中的 R_I 的阻值，当 V_O 从高电平跳为低电平时的电阻值即为开门电阻。

2.2.3.3　输出特性

输出特性是指门电路输出端接上负载时，输出电流和输出电压的关系。输出特性又可以分为高电平输出特性和低电平输出特性。

（1）高电平输出特性曲线 U_{OH}-I_{OH}

测试电路如图 2.8 所示。改变负载电阻 R_L，输出端电流 I_{OH} 将随之改变。通过改变负载电阻 R_L，观察输出电流 I_{LH} 的变化，并描绘成曲线，如图 2.9。74LS04 集成片测得的高电平输出特性。

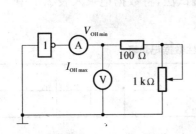

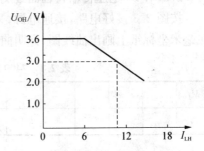

图 2.8　高电平输出特性曲线测试电路图　　　图 2.9　高电平输出特性曲线

由图 2.9 可知：

1）随着 R_L 值的减小，I_{LH} 电流逐步增大，输出端电压 U_{OH} 也将下降。

2）当输出高电平 U_{OH} 为 3.6 V 时，输出端电流 I_{LH} 电流在 6 mA 左右。

3）当输出高电平 U_{OH} 在 2.8 V 左右时，输出端电流 I_{LH} 电流在 11 mA 左右。

4）TTL 门电路中的 I_{OHmax} 称为门电路的拉电流。由于受集成门电路功耗的影响，在实际使用时，高电平电流 I_{OHmax} 在 0.4～1.0 mA 范围内。各个系列的 TTL 门电路的 I_{OHmax} 电流也各不相同。

（2）低电平输出特性曲线 U_{OL}-I_{OL}

当门电路输出低电平时，仅考虑外负载对门电路的灌入电流。测试电路图如

图 2.10 所示。7404 的低电平输出特性曲线如图 2.11 所示,由图可知:

1) 当 I_{OL} 为 0 时,即输出端开路时,U_{OL} 通常为 0.1～0.3 V。

2) U_{OL} 在一定范围内随着 I_{OL} 的上升而线性上升。

3) 当 I_{OL} 继续上升时,U_{OL} 会出现明显的上升。

TTL 门电路中的 I_{OL} 称为门电路的灌电流。74 系列的 I_{OL} 通常最大只有 8 mA。

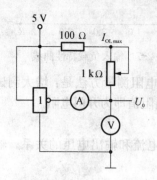

图 2.10　7404 输出低电平时测试电路

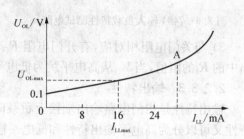

图 2.11　7404 输出低电平时的特性曲线

2.2.4　实验内容和方法

2.2.4.1　电压传输特性曲线测试

按图 2.3 接好电路,接通电源,采用逐点测试法,将数据记录入表 2.1 中。并在毫米坐标纸上画出曲线图,标明曲线参数。

表 2.1　7400 电压传输特性数据记录表

V_I										
V_O										

2.2.4.2　输入负载特性曲实验

输入负载特性曲线是测量输入端接入不同的接地电阻时,在输入端产生的不同的直流电压值以及对应的输出电压值。

1. 按图 2.6 连线。采用逐点测量法,记录数据,画出曲线图。

2. 高电平输出特性曲线测试:按图 2.8 接好电路,打开电源,采用逐点测试法,记录实验数据,做出曲线图,标明曲线参数。

表 2.2　高电平输出特性数据记录表

V_1										
V_2										

3. 电平输出特性曲线测试：按图 2.10 接好电路，打开电源，采用逐点测试法，记录实验数据，做出曲线图，标明曲线参数。

表 2.3　低电平输出特性数据记录表

V_1										
V_2										

2.2.5　实验器材

(1) 实验箱
(2) 示波器
(3) 台式万用表　　　　　2 台
(4) 实验元器件 74LS04、电阻、电容等

2.2.6　实验报告要求

记录实验结果，绘制实验波形，对照数据手册中的指标，进行比较分析，指出不同之处。

2.2.7　思考题

在测试 7404 门电路低电平输出特性曲线 I_{OL} 时，当 I_{OL} 增大到一定的值时，U_{OL} 会急剧上升，试分析其原理。

电压传输特性曲线测量方法

电压传输特性在实验中一般采用两种方法进行测量：一种是手工逐点测量法，另一种是采用示波器 X-Y 方式进行直接观察。手工逐点测量法可以采用图 2.12 所示电路，改变输入端电压，把每次测量的数据记录在坐标纸上，所有的点连接起来就是电压传输特性曲线。

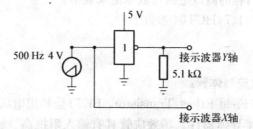

图 2.12　测试 74LS04 的电压传输特性曲线

我们也可以在示波器上利用示波器的 X-Y 方式进行测量。利用示波器 X-Y 图示仪的功能，能直观地观察完整的电压传输特性曲线。

在实验中需要注意的是：① 输入信号的电压要选择合适的值，一般与电路实际的输入动态范围相同，太大除了会影响测量结果以外，还可能会损坏器件；太小不能完全反映电路的传输特性。如 TTL 电路应该根据其输入信号的动态范围选择电压最小值为 0，最大值为 5 V 的信号。② 输入信号的频率也要选择合适的值，频率太高会引起电路的各种高频效应，太低则使显示的波形闪烁，影响观察和读数，一般取 500 到 1 000 Hz 即可。③ 为了正确地读数，在测量前要先进行原点校准，把示波器设成 X-Y 方式，两个通道都接地，此时应该能看到一个光点，调节相应的位移旋钮，使光电处于坐标原点。④ 在测量时，一般将输入耦合方式设定为 DC，比较容易忽视的是，在 X-Y 方式下，在 X 通道的耦合方式是通过触发耦合按钮来设定的，同样也要设成 DC。

2.3　CMOS 集成电路外部特性的实验研究

MOS 集成电路由场效应管构成，具有输入阻抗高、功耗低、抗干扰性能强、便于大规模集成等优点，从而得到了广泛的应用。特别是 CMOS 集成电路有着特殊的优点，如静态功耗几乎为零，输出逻辑电平可接近于 V_{DD} 或 V_{SS} 等。主要产品有 4000 系列、74HC 系列、74HCT 系列、74AHCT 系列。74 系列的 COMS 电路的逻辑功能和引脚排列与 TTL 的 74LS 系列品种相同。

2.3.1　实验目的

(1) 掌握 CMOS 与非门电路主要的外部特性参数意义，掌握测试原理。
(2) 掌握 CMOS 基本门电路的使用方法。

2.3.2　预习要求

(1) 复习 CMOS 门电路的工作原理。
(2) 画出实验内容的测试电路与数据记录表格。
(3) 学习 CD4011、74HCT04 参数手册。

2.3.3　实验原理

2.3.3.1　场效应晶体管

场效应晶体管（Field Effect Transistor，FET）是利用电场效应来控制半导体中电流运动的一种半导体器件。场效应管具有输入阻抗高、噪声低、功耗小、制造工艺简单和便于集成化等优点。

场效应晶体管有两种结构形式，即结型场效应晶体管和绝缘栅型场效应晶体管两大类。结型场效应晶体管可分为 N 沟道和 P 沟道两种，绝缘栅型场效应晶体管可分为增强型和耗尽型两种。根据所用半导体材料的不同,绝缘栅型场效应管又可分为 N 沟道场效应管和 P 沟道场效应管,分别简称为 NMOS 管和 PMOS 管。常用的 CMOS 门电路是由增强型 NMOS 管和增强型 PMOS 管构成,如图 2.13、图 2.14 所示。

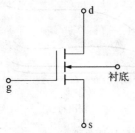
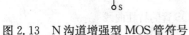

图 2.13　N 沟道增强型 MOS 管符号

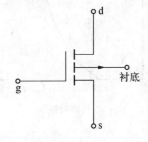

图 2.14　P 沟道增强型 MOS 管符号

1. N 沟道增强型 MOS 管特性

当 $U_{GS} = 0$ 时,漏极 D 与源极 S 之间的电阻 R_{DS} 非常大,可达到 $10^9 \sim 10^{15}$ Ω,当 U_{GS} 增加时,R_{DS} 减小,其电阻最小可达到 10 Ω 左右。因为栅极与漏源之间有一层 SiO_2 绝缘层,所以 MOS 管的栅极有非常高的输入阻抗,栅极几乎没有电流流过,因此可以把绝缘栅型场效应晶体管看做电压控制电流器件,如图 2.15 所示。

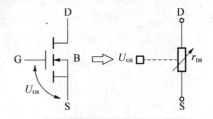

图 2.15　MOS 管的电压控制电阻模型

N 沟道增强型场效应管,可用转移特性、输出特性表示 I_D、U_{GS}、U_{DS} 之间的关系,如图 2.16 所示。所谓转移特性,就是输入电压 U_{GS} 对输出电流 I_D 的控制特性。从转移特性曲线中可以看出,在输入电压 $U_{GS} = 0$ 时,加在漏源极间的电压不会在漏极和源极间形成电流。只有在输入电压 U_{GS} 到达 U_T 时,漏源极间才会有电流。U_T 称为开启电压,显然,只有 $U_{GS} > U_T$ 时,电压 U_{GS} 才对漏源极间的电流有控制作用。随着 U_{GS} 的继续增加,漏源极间的电流也随之增加。

输出特性表示在 U_{GS} 一定时,I_D 与 U_{DS} 之间的关系。输出特性曲线可分为 4 个区,可变电阻区、恒流区、击穿区和截止区。

1) 当栅源极的输入电压 $U_{GS} < U_T$ 时,$I_{DS} = 0$,称为截止区。

2) 当栅源极的输入电压 $U_{GS} > U_T$,并且 $U_{DS} < (U_{GS} - U_T)$ 时,流经漏极和源极的电流 I_{DS} 和漏源极间的电压呈线性关系,称为可变电阻区。

3) 当栅源极的输入电压 $U_{GS} > U_T$ 时,并且 $U_{DS} \geqslant (U_{GS} - U_T)$ 时,流经漏极和源极的电流 I_{DS} 几乎不再变化,称为恒流区。

4) 击穿区会导致晶体管损坏,避免在击穿区工作。

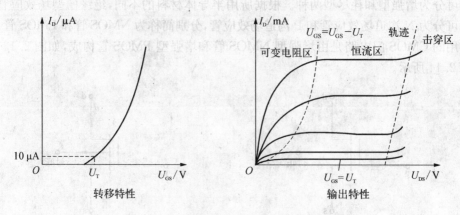

图 2.16　N 沟道增强型 MOS 管的特性曲线

2. P 沟道增强型 MOS 管的特性曲线

P 沟道 MOS 管是 N 沟道 MOS 管的对偶型,正如双极型中 PNP 管是 NPN 管的对偶型一样。使用时,U_{GS} 和 U_{DS} 的极性与 N 沟道相反,增强型管的开启电压 U_T 是负值。

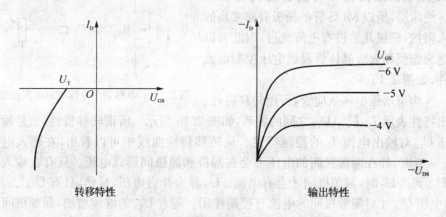

图 2.17　P 沟道增强型 MOS 管的特性曲线

PMOS 管和 NMOS 管的开关特性的比较:

MOS 管类型	标准符号	简化符号	开关特性
NMOS			当 $U_{GS} > U_{TN}$ 时导通 当 $U_{GS} < U_{TN}$ 时截止

MOS 管类型	标 准 符 号	简 化 符 号	开 关 特 性
PMOS			当 $\lvert U_{GS} \rvert > \lvert U_{TP} \rvert$ 时导通 当 $\lvert U_{GS} \rvert < \lvert U_{TP} \rvert$ 时截止

2.3.3.2　CMOS 门电路主要静态电器特性

CMOS 集成电路全称为互补对称型金属氧化物半导体（complementary symmetry metal-oxide semiconductor）集成电路。常见的 CMOS 门电路有 CD4000 系列。CMOS 门电路通常涉及的主要静态特性有：

(1) 电压传输特性：$U_O = f(U_I)$

(2) 电流传输特性：$I_O = f(I_I)$

(3) 输入负载特性：$U_{RI} = f(R_I)$

(4) 输出特性：$U_{OH} = f(I_{OH})$　　$U_{OL} = f(I_{OL})$

CMOS 反相器如图 2.18 所示，由一个 NMOS 管和一个 PMOS 管构成。N_1 为 NMOS 管，P_1 为 PMOS 管，两管的栅极相连构成门电路的输入端，两管的漏极相连构成门电路的输出端。为了使衬底和漏源极之间的 PN 结始终处于反偏，将 NMOS 管的衬底接到电路的最低电位，PMOS 管的衬底接到电路的最高电位。为了使门电路能正常工作，CMOS 反相器的电源电压 U_{DD} 必须满足 $U_{DD} > U_{TN} + U_{TP}$（U_{TN}、U_{TP} 分别为 NMOS 管和 PMOS 管的开启电压）。U_{DD} 的取值范围较大，一般在 3～18 V 之间。

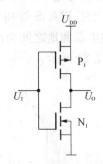

图 2.18　CMOS 反相器原理图

1. CMOS 反相器工作原理

(1) 当 $U_I = 0$ V 时，因为 N_1 管的栅源电压 $U_{GSN} = 0 < U_{TN}$，所以 N_1 管截止，而 P_1 管的栅源电压 $\lvert U_{DSP} \rvert = U_{DD} > U_{TP}$，$P_1$ 管导通。此时，N_1 管相当于一只很大的电阻，P_1 管相当于一只很小的电阻，因此，输出电压 $U_O \approx U_{DD}$。

(2) 当 $U_I = U_{DD}$ 时，N_1 管的栅源电压 $U_{GSN} = U_{DD}$，N_1 管导通，P_1 管的栅源电压 $U_{GSP} = 0$，P_1 管截止。此时，P_1 管相当于一个很大的电阻，N_1 管相当于一个很小的电阻，因此，输出电压 $U_O \approx 0$。

从以上分析可知，当 CMOS 反相器输入电压为低电平时，输出电压为高电平；当输入电压为高电平时，输出电压为低电平，实现了反相的逻辑功能。

2. CMOS 反相器电压传输特性

测试电路如图 2.19 所示。设 CMOS 反相器的电源电压 $U_{DD}=5\,V$，N_1 管开启电压 U_{TN} 为 $1.5\,V$，P_1 管开启电压 U_{TP} 为 $-1.5\,V$，则可以得到如图 2.20 所示的电压传输特性曲线。

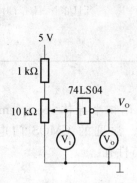

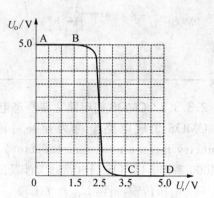

图 2.19   电压传输特性测试电路   图 2.20   电压传输特性曲线

3. CMOS 反相器电流传输特性

电流传输特性是研究漏极电流 I_D 随输入电压 U_I 变化的规律。对电流传输特性的分析可知，当 CMOS 反相器的输入电压由低电平向高电平或由高电平向低电平变化时，PMOS 管和 NMOS 管会有一个处于同时导通的状态，由于导通电阻较小，在电源和地之间会产生一个较大的电流。反相器电源电流和输入电压的关系如图 2.21 所示：

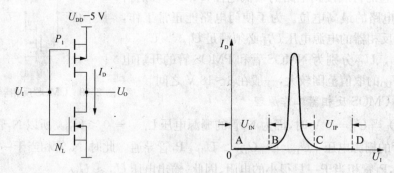

图 2.21   CMOS 反相器电流传输特性曲线

当输入电压 $U_I=U_{DD}/2$ 时，N 管和 P 管同时导通的状态，电流流经 N 管和 P 管，此时的电流 I_D 最大，该电流成为动态尖峰电流。电流传输特性曲线表明，CMOS 反相器在稳定状态下电路的功耗近似为 0，在高低电平转换的过程中，动态功耗远远大于静态功耗，且随信号频率的上升而增加。

4. CMOS 反相器电流输入特性

为了保护栅极和衬底之间的栅氧化层不被击穿，CMOS 输入端都加有保护电路。如果在输入信号上叠加了正向干扰信号其幅度 $U_I > U_{DD} + U_D$ 的值，保护二极管 D_1 和 D_2 就导通，使 U_I 被钳位在 $U_{DD} + U_D$ 的值上。反之负向干扰被钳位在 $-U_D$ 上。加入了保护电路后，CMOS 反相器的输入特性如图 2.22 所示。

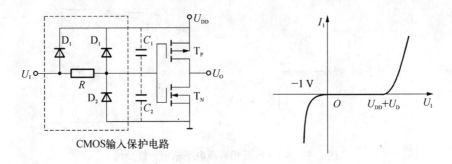

CMOS输入保护电路

图 2.22　CMOS 反相器输入特性曲线

5. CMOS 反相器输出特性

输出特性是指 CMOS 电路输出端的电压和电流的关系。和 TTL 门电路一样，可以分为输出高电平和输出低电平两种情况进行讨论。

（1）低电平输出特性曲线 $U_{OL} - I_{OL}$

当反相器输出高电平时，考虑的是负载向反相器灌入的电流对输出端低电平的影响。当输入 U_I 为高电平时，负载管截止，输入管导通，负载电流 I_{OL} 灌入输入管，如图 2.23 所示。在 U_{GS} 不变的条件下输出端的电位随着灌入的电流 I_{OL} 增加而上升。从曲线上还可以看出，由于 T_2 管的导通内阻还和 U_{GS} 有关，U_{GS} 越大 T_2 管的导通内阻就越小，所以在 I_{OL} 值不变的情况下 U_{DD} 的取值越高，T_2 管导通时的 U_{GS} 也越大，U_{OL} 的输出特性也越好。

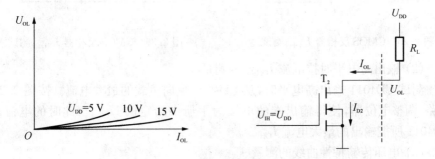

图 2.23　CMOS 反相器低电平输出特性曲线

（2）高电平输出特性曲线 $U_{OH} - I_{OH}$

如图 2.24 所示,当输入 U_I 为低电平时,负载管 PMOS 导通,输入管 NMOS 截止,负载电流是拉电流。由输出特性曲线可以看出,当 $|U_{GS}|$ 越大,管内电阻 R_P 越小,负载电流 I_{OL} 的增加使 U_{OH} 下降越小,带拉电流负载能力就越强。

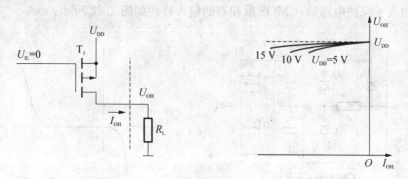

图 2.24　CMOS 反相器高电平输出特性曲线

2.3.4　实验内容和方法

（1）输出低电平时灌电流 I_{OLmax} 的测量

按图 2.25,测试 CD4011 在输出低电平时,负载电流流向 CD4011 中的 T_N 管时的电流。调整电位器,使得输出端的电压为手册中给定的 U_{OLmax},此时的电流即为 CD4011 所能承受的最大电流 I_{OLmax}。

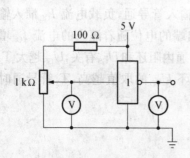

图 2.25　CMOS 反相器 I_{OLmax} 测试图

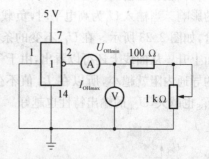

图 2.26　CMOS 反相器 I_{OHmax} 测试图

（2）输出高电平时拉电流 I_{OHmax} 的测量

测试 CD4011 输出高电平时,从 CD4011 流向负载的最大电流。按图 2.26 连电路,调整电位器,使得输出端的电压为手册中给定的 U_{OLmax},此时的电流即为 CD4011 所能输出的最大电流 I_{OHmax}。

（3）电压传输特性曲线的测量

按图 2.26 连接电路,逐点测量输入输出电压,将数据填入表 2.4,记录数据并在毫米方格纸上作图。参考附录中 CD4011 的技术说明书,比较以上测量参数和技术说明书中的参数,并计算出实际的 CD4011 的噪声容限 U_{NH} 和 U_{NL}。

表 2.4　CD4011 的电压传输特性表

2.3.5　实验器材

（1）实验箱

（2）台式万用表　　　　2 台

（3）实验元器件 CD4011、电阻、电容

2.3.6　实验报告要求

记录实验结果,绘制实验波形,对照数据手册中的指标,进行比较分析,指出不同之处。

2.3.7　思考题

分析 74LS04 和 CD4011 的传输特性曲线,根据曲线在高低电平转换的区域,分析为什么 CMOS 器件比 TTL 器件具有更高的输入噪声容限。

第3章 组合逻辑电路实验

组合逻辑电路是数字逻辑系统中基本的组成部分。使用组合逻辑电路可以实现单个或多个输出的逻辑变量,还可以实现译码器、编码器、数据选择器、加法器等功能。本章的重点是通过实验掌握组合逻辑电路的设计方法、常用的译码器、编码器等逻辑函数的设计原理及应用。逻辑抽象是组合电路应用设计的第一步。

3.1 基 础 知 识

3.1.1 组合电路的基本概念

在数字逻辑电路的系统中,其所包含的逻辑电路通常可以分为两大类:组合逻辑电路和时序逻辑电路。

组合逻辑电路在逻辑功能上的特点是:电路在任一时刻的稳态输出,仅仅与该时刻的输入变量的取值有关,而与输入信号作用前电路所处的状态无关。

图 3.1 组合电路

组合逻辑电路可以是一个单输入单输出的系统,也可以是多输入多输出的系统,对于一个多输入、多输出的组合逻辑电路,输入和输出之间的关系可以用一组逻辑函数表示,如式 3.1 所示。组合电路的特点是输入和输出一般没有反馈回路,电路中没有记忆单元,不能保持输入信号变化前的状态。组合电路框图如图 3.1 所示。

$$
\begin{aligned}
y_1 &= f(x_1,\ x_2,\ \cdots x_n)\\
y_2 &= f(x_1,\ x_2,\ \cdots x_n)\\
&\vdots\\
y_m &= f(x_1,\ x_2,\ \cdots x_n)
\end{aligned}
\tag{3.1}
$$

组合电路的应用十分广泛,它不但可以单独完成具有各种功能的逻辑操作,而且也是时序逻辑电路的组成部分,在数字逻辑电路中占有重要的位置。

3.1.2 组合电路的设计步骤

组合逻辑电路的设计是把实际需要解决的问题,通过逻辑抽象等步骤转化成逻辑电路的形式来实现。通常设计电路的过程为:

图 3.2 组合电路设计步骤

对实际问题进行逻辑抽象,描述逻辑功能是组合电路设计的基础。在设计的过程中,从逻辑功能做出真值表或者逻辑函数表达式是重要的一步。必须仔细分析实际问题的因果关系,确定输入变量和输出变量。通常把引起事件的原因作为输入变量,事件的结果作为输出变量。然后对输入变量和输出变量赋予"1"和"0",由此列出真值表,写出函数表达式。用数字逻辑器件来实现逻辑函数的方法很多,通常是用小规模数字集成电路 SSI、中规模数字集成电路 MSI 来实现。根据实际情况选用合适的逻辑门电路,作出逻辑电路原理图。

3.2 用小规模电路实现组合电路的实验研究

与门、或门和非门是最基本的门电路(一个或几个门封装在一起构成小规模集成电路),所有的逻辑函数都可以用其实现。

3.2.1 实验目的

(1) 初步掌握组合逻辑电路的设计思想及方法、步骤。

(2) 熟悉基本门电路的使用方法。

(3) 初步掌握数字电路的调试方法。

3.2.2 预习要求

(1) 掌握组合逻辑电路的设计方法。

(2) 根据实验要求设计出逻辑图,选好器材,列出清单,作出验证逻辑功能的真值表。

(3) 阅读 74LS08 和 74LS86 参数手册,并写出我们实验中要用到的关键参数。

3.2.3 设计原理

根据 3.1.2 节组合电路设计步骤可知,组合电路设计中最重要的第一步是根据逻辑功能的要求抽象成真值表的形式。再由真值表列出逻辑函数的表达式。在采取小规模器件时,通常将函数化简成最简与-或表达式,使其包含的乘积项最少,且每个乘积项所包含的因子数也最少。最后根据所采取的器件的类型进行适当的函数表达式变换,如变换成与非-与非表达式、或非或非表达式、与或非表达式及异或表达式等。

例 3.1　某车间有 A、B、C、D 四台用电设备,每台设备用电均是 10 kW,由 F 和 G 两台发电机组供电,F 发电机组功率为 10 kW,G 发电机组为 20 kW。四台设备工作情况是:(1) 四台设备不可能同时工作,但可能是任意两台或三台同时工作。(2) 四台设备不可能同时停机,即至少有一台设备在工作。试设计一供电控制线路,既要保证设备的正常工作,又要节约电能。

解:(1) 分析题意:A、B、C、D 四台用电设备为事件的原因,应该作为输入变量。F 和 G 发电作为事件发生的结果,作输出变量。设备工作时为 1,停机时为 0,发电机发电时为 1,不发电时为 0。根据题意,四台设备不可能同时停机,也不可能同时工作,即输入变量全"0"和全"1"是不允许出现的。

(1) 列出真值表如表 3.1 所示。

表 3.1　真　值　表

输		入		输	出	输		入		输	出
A	B	C	D	F	G	A	B	C	D	F	G
0	0	0	0	Φ	Φ	1	0	0	0	1	0
0	0	0	1	1	0	1	0	0	1	0	1
0	0	1	0	1	0	1	0	1	0	0	1
0	0	1	1	0	1	1	0	1	1	1	1
0	1	0	0	1	0	1	1	0	0	0	1
0	1	0	1	0	1	1	1	0	1	1	1
0	1	1	0	0	1	1	1	1	0	1	1
0	1	1	1	1	1	1	1	1	1	Φ	Φ

(2) 根据真值表对发电机 F 和 G 的卡诺图进行化简,如图 3.3 所示。

(3) 化简 F 和 G 的函数表达式

斜圈卡诺图的方法是卡诺图的一个技巧。在 F 卡诺图中,可以把 M_0、M_1、M_4、M_5 看成一组,从卡诺图中可以看出,自变量 $A = 0,C = 0$,自变量 B 和 D 不同

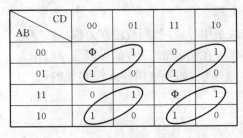
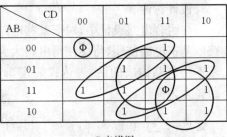

F 卡诺图 G 卡诺图

图 3.3 F、G 卡诺图

时,$Y=1$,B 和 D 相同时,$Y=0$,符合异或关系,所以可以写成：$\overline{A}\,\overline{C}(B\oplus D)$。同理,把 M_2、M_3、M_6、M_7 看成一组,自变量 $A=0$,$C=1$,自变量 B 和 D 相同时 $Y=1$,B 和 D 不同时,$Y=0$,符合同或关系,所以可以写成：$\overline{A}C\overline{B\oplus D}$。化简时考虑到 F 和 G 的函数的公共项,由此可以得到式 3.2。据此可以画出如图 3.4 的控制逻辑原理图。

$$F = \overline{A}\,\overline{C}(B\oplus D) + \overline{A}C\,\overline{B\oplus D} + A\overline{C}\,\overline{B\oplus D} + AC(\overline{B\oplus D})$$

$$= \overline{A\oplus C}(B\oplus D) + (A\oplus C)\,\overline{B\oplus D}$$

$$= A\oplus B\oplus C\oplus D \tag{3.2}$$

$$G = \overline{A\oplus B\oplus C\oplus D} + AD + BC$$

$$= \overline{(A\oplus B\oplus C\oplus D)\cdot \overline{AD} + \overline{BC}}$$

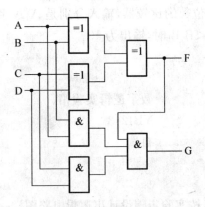

图 3.4 逻辑原理图

设计讨论

在组合电路设计中,对于某些电路如果采用异或门、同或门作为构成数字电路的基本电路使用,将会使得电路大为简化。在例题 3.1 中,如果以与非门作为基本门电路构成的话,表达式如式 3.3。很显然,如果使用异或门实现的话,电路将大为简化。

$$F = \sum m(1, 2, 4, 7, 8, 11, 13, 14)$$
$$= \overline{B}\,\overline{C}\,\overline{D} + \overline{A}\,\overline{C}\,\overline{D} + \overline{A}\,\overline{B}\,\overline{C} + \overline{A}\,\overline{B}\,\overline{D} + ABD + ABC + ACD + BCD$$
$$\tag{3.3}$$

事实上有些设计题在可以直接从卡诺图中读出异或、同或表达式,如下图所示。

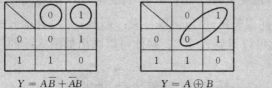
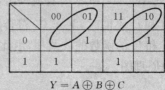

$$Y = A\overline{B} + \overline{A}B \qquad\qquad Y = A \oplus B \qquad\qquad Y = A \oplus B \oplus C$$

思考题:同或门的逻辑表达式,在卡诺图中有什么规律可循?

3.2.4 实验内容和方法

(1) 试使用与非门设计一个表决电路,其中 A、B、C、D 4 人各自投票时,其分数分别为 3 分、2 分、1 分、1 分,只有得票总分大于 4 分时,该提案通过。绿灯亮表示提案通过,红灯亮表示提案未通过。

(2) 试用门电路实现表 3.1 的逻辑功能。

(3) 试设计一个两位数的比较器,输入分别是 $A_0 A_1$ 和 $B_0 B_1$,当 $A_0 A_1 > B_0 B_1$ 时,输出为 01,当 $A_0 A_1 < B_0 B_1$ 时,输出为 10。

3.2.5 实验器材

(1) 实验箱　　　　　　　　数字逻辑实验箱
(2) 示波器　　　　　　　　YB4243
(3) 门电路　　　　　　　　自选

3.2.6 实验报告要求

(1) 根据实验要求,按实验步骤设计出逻辑电路图。
(2) 记录实验结果,验证设计的逻辑电路是否满足逻辑功能。

3.2.7　思考题

（1）试用门电路设计一个判奇电路，输入信号为 8421BCD 码。

（2）试设计一个有两个输出端 Z_1、Z_2 的选择电路，有 5 张选票，当赞成票与反对票之比是 5∶0 或 4∶1 时，输出 Z_1、Z_2 为 11，当赞成票与反对票是 3∶2 或 2∶3 时，输出 Z_1、Z_2 为 01，当赞成票和反对票之比是 0∶5 或 1∶4 时，输出 Z_1、Z_2 为 00。

小提示：

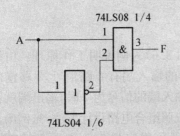 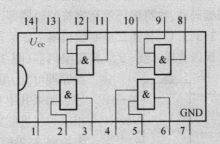

在预习报告中，所画的逻辑图应标明器件型号、输入引脚号。这可以从器件手册中查到。在一般情况下，器件的接电源引脚 U_{CC} 和接地的引脚 GND 在逻辑图中是不标明的，但在实际制作中，必须按照器件手册中的说明，给每个器件的 U_{CC} 和 GND 分别接上电源和地线。

3.3　编码器的实验研究

在数字逻辑电路中，与门、或门、非门、与非门和或非门等基本的小规模组合电路只是完成基本逻辑运算的逻辑器件（SSI）。在数字电路设计中，还经常会用到一些中规模组合电路（MSI）。中规模组合电路能完成一定的逻辑功能，如编码器、译码器（变量译码，字段译码）、计数器、数据选择器等中规模组合电路，也常称为逻辑组件。大规模、超大规模集成电路则是一个逻辑系统，如单片机等。

3.3.1　实验目的

（1）熟悉和掌握编码器的特性。
（2）进一步熟悉组合电路的设计方法。

3.3.2　预习要求

（1）复习例题 3.1 中的设计过程，正确理解组合电路的设计思想。

（2）学习 74LS00 和 74LS148 参数手册，归纳参数。

（3）对实验题进行设计，写出设计的详细步骤，画出逻辑电路图。

3.3.3　设计原理

编码是信息从一种形式转换成另一种形式的过程。在数字电路中使用二进制来表示字母 A 、B、C、D……、数字 1、2、3、4……等过程称为编码。实现编码功能的电路称为编码器。译码是编码的逆过程，实现译码的电路称为译码器。

按被编码信号的不同特点和要求，编码器通常可以分为二进制编码器、二-十进制编码器、数符编码器和字符编码器等。

3.3.3.1　普通二进制编码器工作原理

现以普通 4 线-2 线普通编码器（图 3.5、图 3.6）为例说明工作原理。由编码器原理可知，编码器的输入端有 4 路信号，2 路输出信号。如果其中有一输入端的信号为 1 时，输出端就输出相应的二进制数。依照组合电路设计方法，先例出真值表如表 3.2 所示。并可得出如式 3.4 所示的逻辑表达式。

图 3.5　4 线-2 线普通编码器

$$Y_1 = \overline{I_3} I_2 \overline{I_1} \overline{I_0} + I_3 \overline{I_2} \overline{I_1} \overline{I_0}$$
$$Y_0 = \overline{I_3} \overline{I_2} I_1 \overline{I_0} + \overline{I_3} \overline{I_2} \overline{I_1} I_0 \qquad (3.4)$$

表 3.2　4 线-2 线编码器真值表

输　　入				输　出	
I_0	I_1	I_2	I_3	Y_1	Y_0
0	0	0	1	0	0
0	0	1	0	0	1
0	1	0	0	1	0
1	0	0	0	1	1

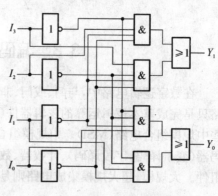

图 3.6　4 线-2 线编码器逻辑图

必须指出的是 4 线-2 线普通编码器的真值表是假定在同一时刻 $I_3 \sim I_0$ 只有一个输入信号为 1 而列出的真值表，输入信号如果超越了真值表所允许的范围，输出将会产生混乱。因此普通编码器的特点是：在 m 个输入信号中，不允许两个或两个以上的输入信号同时存在，在同一时刻只有一组信号被转换成二进制码。

3.3.3.2　8 线-3 线优先编码器 74LS148

在实际应用中,往往要求对同一个时刻出现的多个输入信号进行处理,在同一时刻出现的多个信号中,也有急需处理的和可以暂缓处理的信号之分。

74LS148 优先编码器没有普通编码器的缺点,优先编码器允许同时存在多个输入信号,优先编码器对输入信号的优先级进行了规定,在同一时刻只对优先级别最高的输入信号进行处理。优先级别从 $I_7 \sim I_0$ 依次递减,很好地解决了信号同时到达时优先级排队的问题。真值表如表 3.3 所示。

表 3.3　8 线-3 线优先编码器 74LS148

输入									输出				
E_I	I_0	I_1	I_2	I_3	I_4	I_5	I_6	I_7	C	B	A	GS	E_O
H	Φ	Φ	Φ	Φ	Φ	Φ	Φ	Φ	H	H	H	H	H
L	H	H	H	H	H	H	H	H	H	H	H	H	L
L	Φ	Φ	Φ	Φ	Φ	Φ	Φ	L	L	L	L	L	H
L	Φ	Φ	Φ	Φ	Φ	Φ	L	H	L	L	H	L	H
L	Φ	Φ	Φ	Φ	Φ	L	H	H	L	H	L	L	H
L	Φ	Φ	Φ	Φ	L	H	H	H	L	H	H	L	H
L	Φ	Φ	Φ	L	H	H	H	H	H	L	L	L	H
L	Φ	Φ	L	H	H	H	H	H	H	L	H	L	H
L	Φ	L	H	H	H	H	H	H	H	H	L	L	H
L	L	H	H	H	H	H	H	H	H	H	H	L	H

74LS148 的输出信号是低电平 L 有效。I_7 优先级最高,在 I_7 信号有效时,无论 $I_6 \sim I_0$ 的输入端是什么信号,输出为 LLL。I_6 的优先级其次,只有在 I_7 信号无效时(H),I_6 信号才能得到处理。其余以此类推。同时为了便于在数字逻辑电路中的控制和芯片的扩展使用,74LS148 还设计了 E_I、GS、E_O 三个控制端。

3.3.4　实验内容及方法

(1) 用与非门设计一个 4 线-2 线优先编码器电路,要求有 GS,EO,EI 功能。要求有真值表,逻辑图电路图,并且实验验证其功能。

(2) 分析图 3.7 所示的逻辑电路图,指出其功能,并实验验证其功能。

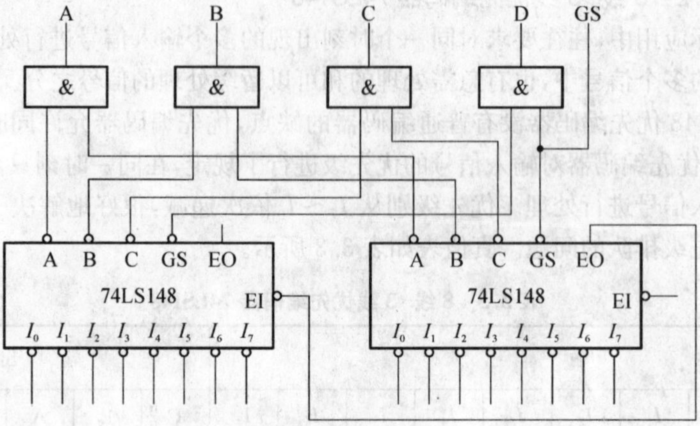

图 3.7   逻辑电路图

3.3.5   实验器材

（1）实验箱

（2）示波器

（3）器材：$74LS148 \times 2, 74LS00 \times 1$

3.3.6   实验报告要求

（1）根据实验要求，按实验步骤设计出逻辑电路图。

（2）记录实验结果，验证设计的逻辑电路是否满足逻辑功能。

3.3.7   思考题

用或非门实验 4 线-2 线编码器。

3.4   译码器及数码显示的实验研究

译码的作用是将具有特定含义的二进制码转换成所表达的输出信号，具有译码功能的逻辑电路称为译码器。译码器在数字系统中有广泛的用途，不仅用于代码的转换、终端的数字显示，还用于数据分配、数据解调器、存储器寻址和组合控制等。不同的功能可选用不同种类的译码器。

常用的译码器可以分为变量译码器（二进制译码器）和显示译码器。变量译码有二进制译码器和二-十进制译码器，常用于地址或控制信号的译码等。显示译码器可以将数字系统运算得到的数字或者符号进行译码，送入 LED 显示器或者液晶显示器显示。

3.4.1 实验目的

(1) 熟悉和掌握译码器的特性。
(2) 掌握译码器的设计方法以及译码器的应用。

3.4.2 预习要求

(1) 理解 3.4.3 设计原理中译码器的设计过程。
(2) 学习 CD4511、74LS138 及数码管 2ES102 参数手册,归纳我们实验中关心的参数特点。
(3) 对实验题进行设计,写出设计的详细步骤,选好器材,画出逻辑电路图。

3.4.3 设计原理

3.4.3.1 二进制译码器设计原理

二进制译码器的特点是:对应于 n 个输入信号,则有 2^n 个信号输出。对应于输入的每一组信号,输出端只有一个是有效信号。

例 3.2 根据图 3.8 要求设计 2 线-4 线译码器。

解: 由图 3.8 可知,该译码器有 2 个输入端,4 个输出端,1 个使能端。根据要求列出真值表如表 3.4 所示,ST 是使能端,在 $ST=0$ 时,输入信号有效。输出信号低电平时为有效信号。根据真值表可写出逻辑表达式,如式 3.5 所示。

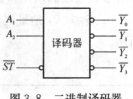

图 3.8 二进制译码器

表 3.4 2 线-4 线译码器真值表

控制端	输	入	输		出	
ST	$\overline{A_0}$	$\overline{A_1}$	$\overline{Y_0}$	$\overline{Y_1}$	$\overline{Y_2}$	$\overline{Y_3}$
0	0	0	1	1	1	0
0	0	1	1	1	0	1
0	1	0	1	0	1	1
0	1	1	0	1	1	1
1	×	×	1	1	1	1

$$\overline{Y_0} = \overline{\overline{A_1}\,\overline{A_0}} \qquad \overline{Y_2} = \overline{A_1\,\overline{A_0}}$$

$$\overline{Y_1} = \overline{\overline{A_1}A_0} \qquad \overline{Y_3} = \overline{A_1A_0} \tag{3.5}$$

由表达式可以画出逻辑电路图如图 3.9 所示。

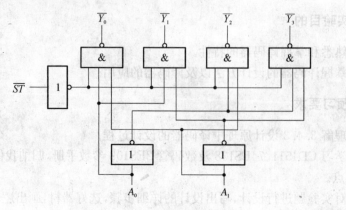

图 3.9　2 线-4 线译码器逻辑图

3.4.3.2　二进制译码器应用

集成 3 线-8 线译码器 74LS138 是个常用的二进制译码器,有 3 个译码信号输入端,8 个译码信号输出端,3 个控制使能端。二进制译码器可以作为数据分配器。如图 3.10 和图 3.11 所示。使能端中 S_1 输入端输入数据信息,$\overline{S}_2 = \overline{S}_3 = 0$,使能端有效。地址码所对应的输出是 S_1 数据信息的反码;若从 $\overline{S}_2$ 端输入数据信息,令 $S_1 = 1$、$\overline{S}_3 = 0$,地址码所对应的输出就是 $\overline{S}_2$ 端数据信息的原码。功能表如表 3.5 所示。

表 3.5　74LS138 功能表

输　　入					输　　　出							
$\overline{S}_1$	$\overline{S}_2 + \overline{S}_3$	A_0	A_{01}	A_2	$\overline{Y}_0$	$\overline{Y}_1$	$\overline{Y}_2$	$\overline{Y}_3$	$\overline{Y}_4$	$\overline{Y}_5$	$\overline{Y}_6$	$\overline{Y}_7$
1	0	0	0	0	0	1	1	1	1	1	1	1
1	0	0	0	1	1	0	1	1	1	1	1	1
1	0	0	1	0	1	1	0	1	1	1	1	1
1	0	0	1	1	1	1	1	0	1	1	1	1
1	0	1	0	0	1	1	1	1	0	1	1	1
1	0	1	0	1	1	1	1	1	1	0	1	1
1	0	1	1	0	1	1	1	1	1	1	0	1
1	0	1	1	1	1	1	1	1	1	1	1	0
0	×	×	×	×	1	1	1	1	1	1	1	1
×	1	×	×	×	1	1	1	1	1	1	1	1

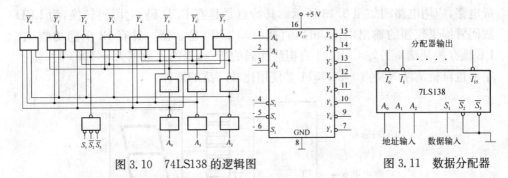

图 3.10　74LS138 的逻辑图　　　　　　图 3.11　数据分配器

3.4.3.3　显示译码器

在数字系统中,译码器的输出可以用于驱动或控制系统其他部分,也可用于驱动 LED 七段数码管,LCD 液晶显示器等显示器件,将数码或字符的二进制信息转换成显示器件所需要的信号,实现数码或字符的显示。

1. 数码显示器

数码显示器有多种形式,比较广泛使用的是发光二极管(LED)和液晶显示(LCD)构成的七段数码显示器。LED 数码管是利用 LED 构成显示数码的笔画来显示数字的,具有较高的亮度,并且有多种颜色可供选择。LED 数码管有共阴极和共阳极两类,见图 3.12。

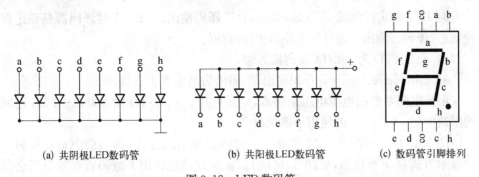

(a) 共阴极LED数码管　　　　(b) 共阳极LED数码管　　　(c) 数码管引脚排列

图 3.12　LED 数码管

一个 LED 数码管可用来显示一位 0~9 十进制数和一个小数点。数码管各段发光二极管正向导通时发光,每段发光二极管的正向压降,通常约为 2~2.5 V,每个发光二极管的点亮电流在几个毫安,电流太大可能会损坏器件。所以在使用时必须根据所加信号的电压值选择限流电阻。LED 数码管要显示 BCD 码所表示的十进制数字就需要有一个专门的译码器,该译码器不但要完成译码功能,还应具有相当的驱动能力。

2. 显示译码器 CD4511

CD4511 是 BCD-七段码的译码器,用于驱动共阴极 LED 数码管的 CMOS 集成电路,应用电路图如图 3.13 所示。其特点是具有 BCD 码-七段码转换,为 LED 数码管提供较强的输出电流,可以直接驱动 LED 显示器。具有 BI 消隐功能端,LE 锁存控制端。另外 CD4511 有拒绝伪码的特点,当输入数据大于 1001 时,显示字形也自行消隐等特点。CD4511 是使用比较广泛的器件。

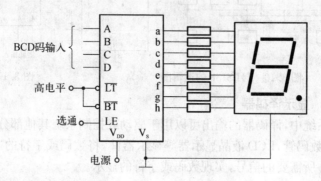

图 3.13　CD4511 应用电路图

1) BT:消隐输入控制端,当 BI＝0 时,不管其他输入端状态如何,七段数码管均处于熄灭(消隐)状态,不显示数字。

2) LT:测试输入端,当 BI＝1,LT＝0 时,无论输入端 $DCBA$ 状态如何,输出全"1",显示"8"。

3) LE:锁定控制端,当 LE＝0 时,允许译码输出。LE＝1 时译码器是锁定保持状态,译码器输出被保持在 LE＝0 时的数值。

4) A、B、C、D 为 8421BCD 码输入端。

5) a、b、c、d、e、f、g、h 为译码输出端,输出为高电平 1 有效。

限流电阻要根据电源电压来选取,电源电压 5 V 时可使用 200 Ω～1 kΩ 之间的限流电阻。CD4511 的使用手册见附录。

图 3.13 中,一片 CD4511 驱动一个数码管显示的方式,称为静态显示。另一种显示方式是动态显示,见图 3.14,动态显示方式是利用了数码管在断电后会保持余晖的特性。开关 K_1、K_2 的作用是位选,每次只有一个开关合上,被合上开关的数码管点亮。如果依次循环打开开关的速度足够快的话,那么看上去是多个数码管都被点亮的效果。

3.4.4　实验内容及方法

(1) 测试 74LS138 译码器的逻辑功能。

(2) 测试 CD4511 的逻辑功能。

(3) 按图 3.14 所示,位选开关使用手拨动开关,BCD 码的输入也使用手拨动开关,在数码管上依次显示数码 1～7。

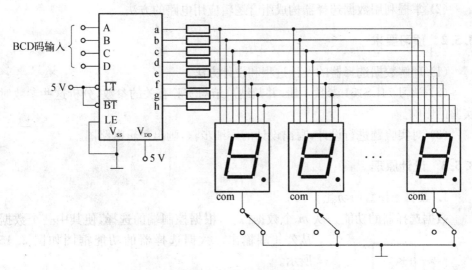

图 3.14　动态显示方式

3.4.5　实验器材

（1）实验箱

（2）示波器

（3）器材　　CD4511×1,2ES102×2,300 Ω×8

3.4.6　实验报告要求

记录实验结果,验证设计的逻辑电路是否满足要求。

3.4.7　思考题

用 74LS138 和 74LS00 实现设计例题 3.1 的电机控制器。

3.5　数据选择器的实验研究

数据选择器也称为多路转换器、多路开关。它有多个数据输入端,若干个控制输入端和一个输出端。数据选择器在控制输入端(或称地址输入端)的作用下,从多个输入的数字信号中选择某一个输入的数字信号传送到输出端。数据选择器可以作为脉冲分配器、函数发生器、多路选择器、数据调制器等使用。

3.5.1　实验目的

（1）熟悉和掌握中规模数据选择器的逻辑功能及使用方法。

(2) 掌握利用数据选择器构成组合逻辑应用电路的方法。

3.5.2　预习要求

(1) 理解数据选择器的设计过程和设计方法。

(2) 学习 74LS151 参数手册,并归纳总结与实验有关的参数,分析这些参数对实验的影响。

(3) 对实验题进行设计,写出设计的详细步骤,画出逻辑电路图。

3.5.3　设计原理

1. 数据选择器的功能

数据选择器的功能是从 m 个数据源中,根据控制端的选择,使其中一个数据从公共端输出。数据选择器的功能框图如图 3.15 所示。

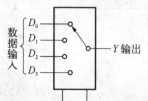

图 3.15　控制(地址)输入端

根据数据选择器的功能,可以写出四选一多路数据选择器的真值表,如表 3.6 所示。$\overline{S}$ 是使能端,使能端为低电平时,允许电路工作。$A_1 A_0$ 是控制端,在 $A_1 A_0$ 的控制下,$D_0 \sim D_3$ 中的任一路信号从 Y 端输出。根据真值表中,可以写出多路选择器的逻辑表达式

$$F = (\overline{A_0}\ \overline{A_1} D_0 + \overline{A_0} A_1 D_0 + A_0\ \overline{A_1} D_0 + A_0 A_1 D_0)\ \overline{S} \tag{3.6}$$

表 3.6　四选一多路选择器功能表

输			入				输 出
$\overline{S}$	A_0	A_1	D_3	D_2	D_1	D_0	Y
1	×	×	×	×	×	×	0
0	0	0	×	×	×	D_0	D_0
0	0	1	×	×	D_1	×	D_1
0	1	0	×	D_2	×	×	D_2
0	1	1	D_3	×	×	×	D_3

电路图如图 3.16 所示。

图 3.17 所示的是常用的八选一多路数据选择器 74LS151。当 $\overline{S}=0$ 时,允许数据输入,选择器根据地址码 A_2、A_1、A_0 的状态,选择 $D_0 \sim D_7$ 中的某一个通道的数据传送到 Y 端输出。例如:$\overline{S}=0$,A_2、A_1、$A_0=100$ 时,Y 端输出的是 D_4 的数据。根据数据选择器 74LS151 的功能,可以写出其真值表(表 3.7)。

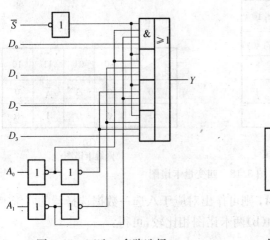

图 3.16　四选一多路选择

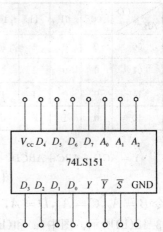

图 3.17　八选一数据选择器

表 3.7　74LS151 真值表

输		入		输　　出
$\overline{S}$	A_2	A_1	A_0	Y
1	×	×	×	0
0	0	0	0	D_0
0	0	0	1	D_1
0	0	1	0	D_2
0	0	1	1	D_3
0	1	0	0	D_4
0	1	0	1	D_5
0	1	1	0	D_6
0	1	1	1	D_7

2. 数据选择器的应用

（1）实现组合路函数功能

例 3.3　试用 74LS151 多路选择器实现 $F(A、B、C、D) = \sum m(3、7、9、14、15)$。

解： 将 $F(A,B,C,D)$ 填入四变量卡诺图，如图 3.18 所示。

CD\AB	00	01	11	10
00	0	0	1	0
01	0	0	1	0
11	0	0	1	1
10	0	1	0	0

(a)

$$Y = ACD + ABC + ABCD$$

CD\B	00	01	11	10
0	0	A	$\overline{A}$	0
1	0	0	1	0

(b)

降维卡诺图

图 3.18　四变量卡诺图

令 $B = A_2, C = A_1, D = A$，则可作出对应于八选一数据选择器的降维卡诺图如图 3.18(b)所示。图中(a)和(b)两卡诺图相比较,可得:

$$D_0 = D_2 = D_4 = D_5 = 0, \quad D_7 = 1, \quad D_1 = D_6 = A, \quad D_3 = \overline{A}$$

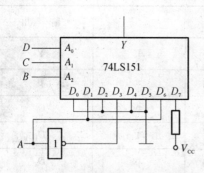

图 3.19　用 74LS151 实现函数

因此可得图 3.19 所示的电原理图。

(2) 调制解调器

数据分配器又称多路分配器、多路调节器。它的工作原理与数据选择器相反。根据地址输入信号将一路输入数据分配到多个输出端。它的框图如图 3.20 所示。

用多路数据选择器和 74LS138 译码器组成调制解调器的电原理图如图 3.21 所示。

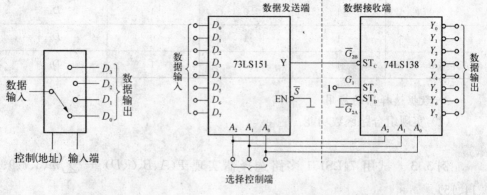

图 3.20　数据分配器

图 3.21　调制解调器原理图

3.5.4 实验内容及方法

（1）测试八选一数据选择器 74LS151 的逻辑功能。

（2）用一片八选一数据选择器 74LS151 加必要的门电路实现函数

$$F = ABC + A\overline{C}DF + \overline{B}CD + BC\overline{D}F + \overline{C}\,\overline{D}\,\overline{F} + CD\overline{F}$$

并用电路实现验证。

（3）用数据选择器和数据译码器组成的信号分配器如图 3.19 所示。当数据信号为 10010100 时（高位在前），数据开关控制地址选择信号逐次递增，记录输出信息并填入表 3.8 中。

表 3.8　74LS151 功能表

A_2	A_1	A_0	Y_7	Y_6	Y_5	Y_4	Y_3	Y_2	Y_1	Y_0

3.5.5 实验器材

（1）示波器　XJ4243　　　　　　　1 台
（2）实验箱　数字逻辑实验箱　　　1 台
（3）器件　　自定

3.5.6 实验报告要求

记录预习、实验过程、实验结果，分析试验数据等。

3.5.7 思考题

（1）设计用八选一数据选择器构成三十二选一的逻辑图。

（2）试用八选一数据选择器实现逻辑函数 $F = \sum m(0,5,8,13,17,18,26,28,30,31)$。

3.6　冒险和竞争的实验研究

组合逻辑电路的分析和设计是基于稳定状态这一前提。当输入变量发生变化时,由于电路中器件的延迟时间和信号传播路径的不同,导致其后某个门电路的两个输入端发生有先有后的变化,称为竞争。竞争现象有时会产生逻辑错误,称为冒险。消除险象的常用方法是增加冗余项、选通脉冲及滤波电容。但最后还必须经过实际检测加以确认。

3.6.1　实验目的

(1) 观察组合电路中冒险和竞争产生的原因。

(2) 掌握消除冒险和竞争方法。

3.6.2　实验预习要求

(1) 掌握组合电路产生冒险现象的原因、种类及消除方法。

(2) 掌握测试冒险现象的方法。

(3) 按实验要求设计出逻辑电路,并分析自己设计的逻辑电路,(不加冗余项)有几种可能产生冒险的现象,并设计出测试方法及消除冒险的方法。列出所需要门电路的清单。

3.6.3　实验原理

3.6.3.1　竞争和冒险

1. 竞争现象

在设计组合电路的时候,还必须考虑到门电路的延迟时间 t_{pd} 的存在,事实上,信号经过不同的路径所产生的延迟时间不相同,各路径上的延迟时间不仅与信号经过的每个逻辑门延迟时间有关,而且还与信号经过逻辑门的级数和导线的长短有关。多个输入信号经过不同路径到达同一输出端的时间存在时差的现象称为竞争。

如图 3.22(a)所示,函数表达式为 $F = A\bar{A}$,从波形图可以看出,由于到达与门的输入端信号 A 和信号 $\bar{A}$ 之间有时间差,经与门相遇后产生了一个不希望出现的干扰脉冲,(与门消耗了 1 个 t_{pd} 的时间)。

如果输入端只是单个信号发生变化而引起的竞争,称为逻辑竞争。如果输入端是几个互相独立的信号发生变化,且由于延迟时间的不同而产生的竞争称为功能竞争。

2. 冒险现象

在组合逻辑电路中,如果竞争结果使稳态输出的逻辑关系受到短暂破坏,出现不应有的干扰脉冲,如图 3.22(b)所示,波形图中 F 输出了一个干扰脉冲,这种现

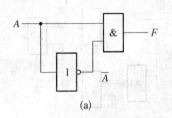 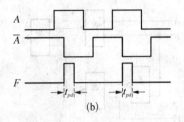

图 3.22　逻辑竞争和冒险电路图

象称为冒险。由逻辑竞争引起的冒险称为逻辑冒险，由功能竞争引起的冒险称为功能冒险。

竞争和冒险有可能使所设计的逻辑电路产生不应有的结果，因此是逻辑电路设计中必须考虑的实际问题。

3.6.3.2　逻辑冒险的判别

1. 代数判别法

在只有一个输入变量改变状态的情况下，可以通过观察和简化逻辑函数来判断组合电路中是否有存在冒险现象。

观察函数表达式，如果在表达式中既含有原变量之积或和项，又含有它的反变量之积或和项，就可以把此二项中的其余变量取值为"1"或"0"，如果所得到的结果出现 $A+\bar{A}$ 项或者出现 $A\bar{A}$ 项，电路就存在竞争冒险。

例 3.4　判别图 3.23 中是否存在竞争冒险

解：图 3.23(a)电路的逻辑表达式为

$$F = \overline{\overline{AB} \cdot \overline{\overline{AC}}} = AB + \bar{A}C$$

当变量 B 和变量 C 不变，只有变量 A 变化，即 $B = C = 1$，公式可化成 $F = A + \bar{A}$，则电路存在竞争冒险。

图 3.23(b)电路的逻辑表达式为

$$F = \overline{\overline{A+B} \cdot \overline{\bar{A}+C}} = (A+B)(\bar{A}+C)$$

当变量 B 和变量 C 不变，只有变量 A 变化，即 $B = C = 0$，公式可化成 $F = A \cdot \bar{A}$，则电路存在竞争冒险。

2. 卡诺图判别法

用卡诺图法来判断逻辑函数的电路是否可能产生险象比代数法更加直观。按通常的卡诺图化简法把逻辑函数填入卡诺图中，并画出卡诺圈。如果两卡诺圈之间存在不被同一卡诺圈包含的相邻最小项，即两个卡诺圈存在"相切"，则该电路可能产生竞争冒险现象。

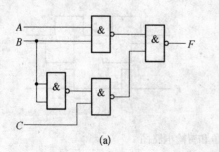 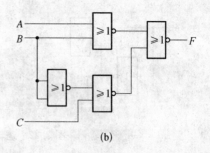

图 3.23 逻辑电路

例 3.5 图 3.23(a)电路的函数为表达式 $F = \overline{\overline{AB} \cdot \overline{\overline{A}C}} = AB + \overline{A}C$

按正常化简方法填入卡诺图中,见图 3.24(a),可以发现两个卡诺圈间有相邻最小项。当 $B = C = 1$,A 从"1"——→"0",相当于输入变量 A、B、C 从"111"——→"011"。

从卡诺图上看,是从一个卡诺圈变化进入到另一个卡诺圈,电路发生了竞争冒险。

A＼BC	00	01	11	10
0		1	1	
1			1	1

(a) $F = AB + \overline{A}C$

A＼BC	00	01	11	10
0				1
1	1	1		1

(b) $F = A\overline{B} + B\overline{C}$,存在竞争冒险

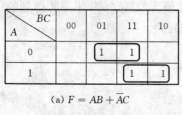

AB＼	00	01	11	10
00				1
01				1
11				
10	1	1	1	1

(c) $F = \overline{A}C\overline{D} + A\overline{B}$,存在竞争冒险

A＼BC	00	01	11	10
0	1	1		
1	1	1	1	1

(d) $F = A\overline{B} + AC$,不存在竞争冒险

图 3.24 几种常见的判别法

无论是代数法还是卡诺图法,只能判断该组合电路是否可能产生竞争冒险现象,但是究竟是否会产生竞争冒险现象,或产生的竞争冒险现象对电路的功能产生何种影响,最后还是要靠对实际电路的测量来加以确认。

3.6.3.3　逻辑冒险的消除

1. 增加冗余项

逻辑冒险可以通过重新设计电路来消除冒险,也可以通过在逻辑表达式中增加冗余项的方法来消除竞争冒险,目的是使函数不能化成 $F = A + \bar{A}$,或者 $F = A \cdot \bar{A}$ 的形式,缺点是增加了电路结构的复杂性。

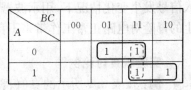

图 3.25　增加了冗余项

以图 3.24(a)卡诺图为例,图中增加了虚线所示的卡诺圈后,如图 3.25 所示,化简后的函数表达式为 $F = AB + \bar{A}C + BC$,可消除竞争冒险的现象。

2. 在电路输出端加滤波电容

在组合逻辑电路,由竞争冒险而产生的干扰脉冲一般情况下宽度很窄,所以

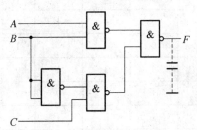

图 3.26　电路的输出端加滤波电容

在电路的输出端和地线之间接个小的滤波电容消除干扰脉冲(图 3.26)。因竞争冒险而产生的干扰脉冲的宽度与门电路的传输时间属于同一数量级。因此,在 TTL 门电路中,只要选择几百 PF 以下的电容,就可把瞬间的干扰脉冲抑制在下一级门电路的阀值电压以下,从而消除电路中的竞争冒险现象。电容的容量要实测决定。电容过大会破坏脉冲的前沿,一般适用于低速的逻辑电路中。

3. 加选通脉冲

由竞争而产生的干扰脉冲只是发生在输入信号变化的瞬间,因此在这段时间先把门封锁,在干扰脉冲这段时间过后,电路进入稳态时,再加入选通脉冲,选取输出结果。要注意的是选通信号的作用时间要合适。如图 3.27 所示,尽管电路的输入信号发生变化时,电路会发生竞争和冒险,但是门 G 选通脉冲的低电平封锁了门 G。等到电路进入稳态时,选通信号的高电平打开了门 G,信号顺利地输出。

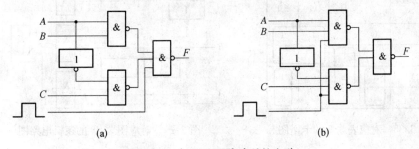

图 3.27　加了选通脉冲后的电路

以上为解决竞争冒险的几种常用方法,在逻辑电路的设计中要根据实际情况加以选择。竞争冒险作为产生噪声的重要原因之一必须认真对待,在进行组合逻辑电路设计时,除了要进行静态测试,验证其逻辑功能外,还要进行动态测试,在输入信号发生变化情况下,用示波器观察输出信号,确定是否存在冒险现象。如果产生的冒险对电路正常工作带来不良影响,则必须采取措施来消除。

实验观察讨论例题

例: 按表 3.9 所示的真值表,画出逻辑电路图,并检验是否存在冒险竞争。

表 3.9　真　值　表

输	入			输 出	输	入			输 出
A	B	C	D	F	A	B	C	D	F
0	0	0	0	0	1	0	0	0	1
0	0	0	1	0	1	0	0	1	0
0	0	1	0	1	1	0	1	0	1
0	0	1	1	1	1	0	1	1	0
0	1	0	0	0	1	1	0	0	1
0	1	0	1	1	1	1	0	1	1
0	1	1	0	1	1	1	1	0	1
0	1	1	1	1	1	1	1	1	0

按表可做出卡诺图,如图 3.28 所示。化简后的逻辑表达式为 $F = \overline{A}D + B\overline{D} + A\overline{B}C = \overline{\overline{A}D \cdot B\overline{D} \cdot A\overline{B}C}$,电路图如图 3.29 所示。观察卡诺图,可以发现卡诺图中有相切的项。如果输入的数据从 $AB C\overline{D} \longrightarrow A\overline{B}C\overline{D}$ 变化时,只有 B 的状态从 $1 \longrightarrow 0$,产生了冒险现象。

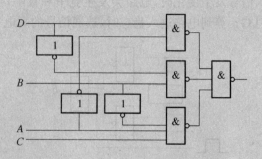

DC\BA	00	01	11	10
00	0	0	1	1
01	0	1	1	1
11	1	1	0	1
10	1	0	0	1

图 3.28　对应表 3.9 的卡诺图

图 3.29　对应图 3.28 的逻辑电路图

观察：把电路输入端的 $AC\overline{D}$ 接分别接上"1、1、0"，B 端接上 1 kHz 的方波信号，在输出端就能观察到如果 3.30 所示的波形，其中的尖脉冲就是波形。

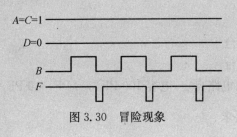

图 3.30　冒险现象

3.6.4　实验内容及方法

实现表 3.10 所示的逻辑函数，观察可能会出现的冒险现象。

表 3.10　真　值　表

输		入		输出	输		入		输出
A	B	C	D	F	A	B	C	D	F
0	0	0	0	0	1	0	0	0	1
0	0	0	1	0	1	0	0	1	0
0	0	1	0	0	1	0	1	0	1
0	0	1	1	1	1	0	1	1	1
0	1	0	0	0	1	1	0	0	1
0	1	0	1	0	1	1	0	1	1
0	1	1	0	0	1	1	1	0	0
0	1	1	1	1	1	1	1	1	1

（1）按图 3.31 所示的卡诺图设计出逻辑电路图，并验证其静态功能。

（2）分析在什么样的码组输入时，逻辑函数会产生冒险。

（3）对有可能产生冒险现象中的一组码制组合，其对应的一个变量，改为输入 100 kHz 脉冲信号，其余变量用 BIT 开关加相应的逻辑状态，并在 F 端观察波形，做好记录。

DC\BA	00	01	11	10
00	0	0	1	0
01	0	0	1	0
11	1	1	1	1
10	1	0	1	1

图 3.31　对应表 3.10 的卡诺图

（4）用并联电容来抑制冒险现象。观察对脉冲边沿的影响，用示波器做定量记录。窄脉冲的幅度小于 0.8 V 时,可以认为冒险现象已经消除。

（5）用加冗余项来消除冒险现象,做出逻辑图,并记录波形。

3.6.5　实验器材

（1）示波器　1 台

（2）实验箱　1 台

（3）器件　门电路自定,电容 100 PF,300 PF,510 PF,1 000 PF

3.6.6　实验报告要求

（1）电路设计过程

（2）记录电路静态逻辑功能及测试情况

（3）记录冒险波形

（4）作出排除冒险的逻辑图

（5）逻辑用旁路电容消除冒险时对脉冲的影响有多大,并分析电容大小对消除冒险现象的作用

3.6.7　思考题

（1）是否在数字逻辑电路中的竞争都可能产生冒险? 说明理由。

（2）用并联电容来抑制冒险现象时,如果电容大于 0.1 μF 时,电路可能会出现什么不良现象?

第 4 章　脉冲电路实验

　　脉冲是数字电路信息表达、传送和接收、处理和存储的基本形式,正确地理解和认识脉冲是数字电路的重要内容之一。表征脉冲的物理量(频率、周期、振幅、脉宽、占空比、上升沿、下降沿、过冲、欠冲、稳定度)及其测试是每一位电子硬件工程师的必修课。脉冲之间的关系(时序图)的判读是电子工程师的基本功。而多谐振荡器与时钟产生电路是每一个数字系统所必不可少的,熟悉波形调整的技巧与施密特触发器的使用,可以提高电子工程师设计电子产品的技巧。

4.1　基　础　知　识

4.1.1　认识理解脉冲信号

　　脉冲信号指在短时间内出现的电压或电流信号。一般来讲,凡是不具有连续正弦波形状的信号,都可以称为脉冲信号。如图 4.1 所示的电子电路中常出现的几种脉冲。

(a) 矩形波　　　(b) 锯齿波　　　(c) 微分波　　　(d) 钟形波

图 4.1　几种常见脉冲

　　数字电路工作时,电路的外在特性表现为在高电压和低电压状态之间来回变化的矩形波。图 4.2(a)表示一个从正常高电压开始,到低电压,再回到高电压所产生的一个反向脉冲(负脉冲)。图 4.2(b)表示一个从正常低电压开始,到高电压,再回到低电压所产生的一个正向脉冲(正脉冲)。这一系列的脉冲形成了数字电路的数字波形。矩形脉冲是数字电路工作的基本模式,没有脉冲就没有数字电路。数字电路中所有的信息都是以脉冲的形式接收、处理并传送到另一块电路的,因此

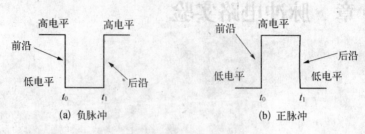

图 4.2　理想的矩形脉冲

认识脉冲是学习数字电路的第一步。

（1）脉冲

理想的矩形脉冲如图 4.2 所示，脉冲有两条边：在 t_0 时刻出现前沿（leading edge），在 t_1 时刻出现后沿（trailing edge）。在一个正向脉冲里，前沿是上升沿（rise edge），后沿是下降沿（fall edge）。图 4.2 所示的脉冲是在理想状态下，因为它假设上升沿和下降沿的变化是在 0 秒内完成的，即瞬间。在工程实践中就算是最佳的状况下，这种矩形脉冲也是不可能出现的。

图 4.3 所示的则是一个非理想状态下的脉冲。从低电平到高电平所需的时间我们称之为上升时间（rise time，t_r），从高电平到低电平所需的时间我们称之为下降时间（fall time，t_f）。在工程实践中，我们测量上升时间通常是从 10% 脉冲幅度处（相对于基线的高度）到 90% 脉冲幅度处，测量下降时间则是从 90% 幅度处到 10% 幅度处。上升时间和下降时间不包括脉冲顶部和底部的 10%，因为这部分是非线性的。我们一般将上升沿和下降沿之间 50% 处定义为脉冲宽度（pulse width，t_w），即持续时间。

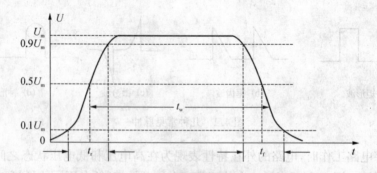

图 4.3　非理想状态下的脉冲

对于高速数字电路由于传输路径阻抗不匹配引起波形的反射和叠加，在示波器上可以观测到过冲（overshoot）、欠冲（undershoot）及振铃（ringing）。如图 4.4 是示波器显示的一种实际数字信号波形，这三种现象是评判电路传输特性的重要指标,要把他们控制在电平容限范围之内,否则会引起逻辑错误。

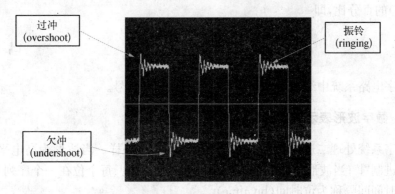

图 4.4 高速脉冲电路中的过冲、欠冲和振铃

(2) 波形特征

在数字系统里,我们用示波器观测电路中的某一个测试点,会得到由一串脉冲所组成的图形,称之为数字波形。这些脉冲称之为脉冲序列,可分为周期性的和非周期性的。周期性波形也就是在一个固定的间隔里不断重复,我们称这个间隔为周期(T),频率(f)则是重复的速度,单位是赫兹(Hz)。而一个非周期性脉冲波形则不会在一个固定的间隔里重复,它可能由宽度不定的脉冲组成,也可能由时间间隔不定的脉冲组成,如图 4.5 所示。

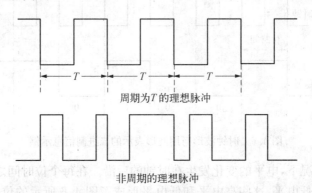

图 4.5 周期脉冲与非周期脉冲波形

脉冲波形的频率就是其周期的倒数,它们之间的关系如下所示:

$$频率 \quad f = \frac{1}{T} \tag{4.1}$$

$$周期 \quad T = \frac{1}{f} \tag{4.2}$$

周期性数字波形的一个重要特征就是它的占空比,占空比是脉冲宽度(t_w)占周期(T)的百分比,即

$$占空比 = \left(\frac{t_w}{T}\right) \times 100\% \tag{4.3}$$

数字电路系统中绝大多数的信号是非周期脉冲信号。

4.1.2 数字波形表示的二进制信息

数字系统处理二进制信息就像波形里出现的位一样。当波形为高电平时,会出现二进制"1";当波形为低电平时,会出现二进制"0"。每个位在一个序列里所占的固定时间间隔称为位时间(bit time)。

时钟   在数字系统中,所有的波形都与一个基本时序波形同步,我们称之为时钟。它是周期性波形,脉冲(周期)之间的间隔等于一个位的时间。时钟是数字电路的心脏和时间尺度,没有时钟就没有数字电路,时钟不准确会导致数字电路工作混乱;一般数字电路时钟的稳定度都要求在皮秒级。

图4.6所示为一个时钟波形。注意,在这种情况下,脉冲波形的变化都是发生在时钟波形的前沿。

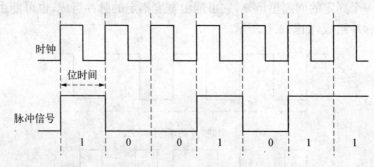

图4.6 时钟波形与用波形表示的二进制信息示例

在其他情况下,电平的变化发生在时钟的后沿。在每个位时间之内,波形可为高电平也可为低电平,这些高电平和低电平形成了图4.6所示的位的序列。一组位就可作为二进制信息来使用,如数字或字母。而时钟波形本身不传输任何信息。本例中时钟是周期性的,在数字系统中,时钟的周期性不是必需的,总体而言,时钟的上升沿和下降沿与脉冲信号之间的相对关系更重要,这种相对关系称为时序图。

4.1.3 时序图判读

时序图就是数字波形的曲线图,它表示两个或两个以上电路观测点上由示波器在一段时间内记录的各自的脉冲波形或者期望的理想波形,同时还表示了每个

波形与其他波形相关联而发生变化的互动关系。图 4.6 表示了时钟波形和一个波形脉冲在时间上的关系。

通过观察时序图,可以及时确定在特定点上所有波形的状态(高或低)以及一个波形相对于其他波形改变状态的确切时间。图 4.7 是由 4 个波形组成的时序图。从这个时序图中可以看出,开始时,3 个波形 Q_0、Q_1 和 Q_2 都为低电平状态,只有在位时间 6 期间是同时处于高电平状态,在位时间 6 的末端,这几个波形全部变回为低电平状态,而且所有的改变都发生在时钟信号的上升沿。

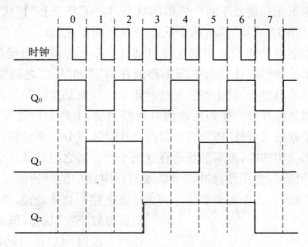

图 4.7 包含 4 个信号的时序图

时序图形象地表达了一组数字信号相互之间的逻辑关系,是我们判断电路是否正常工作的一个依据。因此正确判读时序图是每一个电子工程师必须掌握的技能。

4.2 多谐振荡器与脉冲产生电路的实验研究

多谐振荡器是数字电路时钟的发生器,是数字电路的心脏。从"0"和"1"上理解多谐振荡器真正掌握其本质。

4.2.1 实验目的

(1) 初步掌握多谐振荡器的工作原理。
(2) 学习几种数字电路构成的多谐振荡器。
(3) 掌握数字脉冲波形的调整方法。

4.2.2 预习要求

(1) 理解 555 工作原理并画出工作过程图。

（2）阅读555参数手册列出关键参数表。

（3）计算产生1 kHz方波合适的电子元件参数。

（4）熟悉实验原理图和电路板实物图并建立起联系。

（5）编写自己的实验操作步骤。

（6）设计实验数据记录表。

4.2.3 振荡的原理

数字电路的工作总是处于两个简单的状态，即"0"状态和"1"状态。如果让电路周而复始地自动在"0"和"1"这两个状态之间来回变化，就产生了脉冲。如何利用已经学过的数字电路知识来实现这种自动的变换呢？我们已经学习过"V_{iL}"和"V_{iH}"的概念，如果我们能让某个电压不停地在"V_{iL}"和"V_{iH}"之间变化就可以了。而电容的充电和放电过程，就正好满足这种需求。这就是多谐振荡器的核心思想。

多谐振荡器是一种能产生矩形波的自激振荡器，也称矩形波发生器。"多谐"指矩形波中除了基波成分外，还含有丰富的高次谐波成分。多谐振荡器没有稳态，只有两个暂稳态。工作时，电路的状态在这两个暂稳态之间自动地交替变换，由此产生矩形波脉冲信号，常用作脉冲信号源及时序电路中的时钟信号发生器。因为没有稳定的工作状态，多谐振荡器也称为无稳态电路。具体地说，如果一开始多谐振荡器处于"0"状态，那么它在"0"状态停留一段时间后将自动转入"1"状态，在"1"状态停留一段时间后又将自动转入"0"状态，如此周而复始地输出矩形波。

如图4.8所示的电路是最简单的多谐振荡器，电路中利用深度正反馈，通过阻容耦合使两个晶体三极管器件交替导通和截止，从而自激产生方波输出的振荡器。图中Q_1可以选用3CK3，Q_2可以选用3DK7，$R_1 = R_5 = 4.7$ MΩ，$R_2 = R_4 = 3.9$ kΩ，$R_3 = R_6 = 12$ kΩ，$C_1 = C_2 = 0.1$ μF。

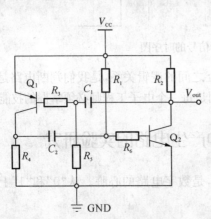

图4.8 由一个PNP晶体三极管和一个NPN晶体三极管构成的自激振荡电路

4.2.4 LM555定时器和基于LM555的多谐振荡器工作原理

4.2.4.1 LM555定时器

LM555定时器的电路结构，如图4.9所示，由以下几部分组成：

（1）三个5 kΩ电阻组成的分压器。

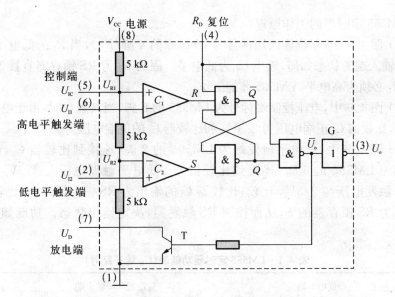

图 4.9　定时器 LM555 内部结构图

（2）两个电压比较器 C_1 和 C_2，特性如图 4.10。

（3）一个基本 RS 锁存器；特性如图 4.11。

（4）一个放电三极管 T 及反向器 G 用做于输出缓冲器。

电压比较器 C_1 和 C_2 特性：若 $U_+ > U_-$，则 U_O 为高电平，若 $U_+ < U_-$，则 U_O 为低电平。

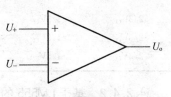

图 4.10　电压比较器

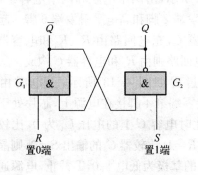

功　能　表

R	S	Q^n	Q^{n+1}	功　能
0	0	0 1	× ×	不定
0	1	0 1	0 0	置0
1	0	0 1	1 1	置1
1	1	0	0	$Q^n + 1 = Q^n$ 保持

图 4.11　基本 RS 锁存器及其功能表

其特征方程为：

$$Q^{n+1} = \overline{S\,\overline{Q}} = \overline{S\,\overline{RQ}} = \overline{S} + RQ^n$$

LM555 定时器的工作原理：

（1）图 4.9 中，复位输入端标号为 LM555 的 4 脚（R_D），当 R_D 为低电平时，不管其他输入端的状态如何，输出 U_O 为低电平。因为 R_D 为 RS 锁存器直接置零端；所以，R_D 必须为高电平，LM555 才能工作。

（2）图 4.9 中，电压控制端标号为 LM555 的 5 脚，当其悬空时，由于电阻的分压作用，比较器 C_1 正端电压为 $2/3V_{CC}$ 和比较器 C_2 的负端电压为 $1/3V_{CC}$。

（3）图 4.9 中，低电平触发端为 LM555 的 2 脚，连接到比较器 C_2，高电平触发端为 LM555 的 6 脚，连接到比较器 C_1；低电平触发电压与 $1/3V_{CC}$ 比较，高电平触发电压与 $2/3V_{CC}$ 比较；比较器 C_1 的输出为 RS 锁存器的 R，比较器 C_2 的输出为 RS 锁存器的 S，从而控制 RS 触发器，决定输出状态。功能如表 4.1 所示。

表 4.1　LM555 定时器功能表（U_{IC} 端开路时）

高电平触发端（U_{11}）	低电平触发端（U_{12}）	R 端	S 端	复位端（R_D）	输出端（U_O）	放电管 T	功能
$\times$	$\times$	$\times$	$\times$	0	0	导通	复位
$<2/3V_{CC}$	$<1/3V_{CC}$	1	0	1	1	截止	置1
$>2/3V_{CC}$	$>1/3V_{CC}$	0	1	1	0	导通	置0
$<2/3V_{CC}$	$>1/3V_{CC}$	1	1	1	不变	不变	保持

4.2.4.2　基于 LM555 的多谐振荡器工作原理

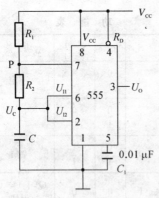

图 4.12　LM555 多谐振荡器电路图

用 LM555 设计多谐振荡器电路比较简单，如图 4.12 所示，由两个电阻和两个电容组成，低电平触发端 2 脚和高电平触发端 6 脚一起连接到电容器 C，充电回路由 R_1、R_2 和电容器 C 构成，放电回路则由 R_2 和电容器 C 构成。

工作过程如图 4.13 所示，上电时由于 LM555 置零端第 4 脚接在电源上，芯片处于工作状态；此时电容 C 上的电压 U_C 为 0，比较器 C_1 的输出 $R=1$，比较器 C_2 的输出 $S=0$，则晶体三极管 T 的基极为低电平 0，T 截止，电源通过电阻 R_1 和 R_2 对电容 C 充电，并且当 U_C 小于 $1/3V_{CC}$ 时，电路的各部分没有任何变化；电容 C 继续充电。

（1）当 U_C 充电到大于 $1/3V_{CC}$ 而小于 $2/3V_{CC}$ 时，比较器 C_2 输出 $S=1$，比较器 C_1 输出 $R=1$，锁存器状态不变，晶体三极管 T 的基极维持为低电平 0，T 截止，电容 C 继续充电。

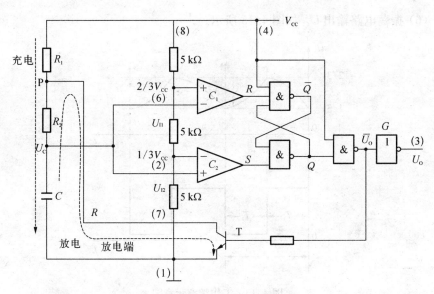

图 4.13 为图 4.12 所示 LM555 多谐振荡器电路工作过程图

（2）当 U_C 大于 $2/3V_{CC}$ 时,比较器 C_2 输出 $S=1$,比较器 C_1 输出 $R=0$,锁存器状态翻转,晶体三极管 T 的基极变为高电平 1,T 导通,电容 C 通过 R_2 和 T 回路放电。

（3）当 U_C 放电到小于 $2/3V_{CC}$ 而大于 $1/3V_{CC}$ 时,比较器 C_2 输出 $S=1$,比较器 C_1 输出 $R=1$,锁存器状态不变,晶体三极管 T 的基极维持为高电平 1,T 导通,电容 C 继续通过 R_2 和 T 回路放电。

（4）当 U_C 放电到小于 $1/3V_{CC}$ 时,比较器 C_2 输出 $S=0$,比较器 C_1 输出 $R=1$,锁存器状态翻转,晶体三极管 T 的基极变为低电平 0,T 截止,电容 C 又回复到充电状态。

（5）电路进入 A→B→C→D→A 的循环,直到短电,电路输出矩形波,此时对应于电容器 C 上的电压波形图如图 4.14 所示。

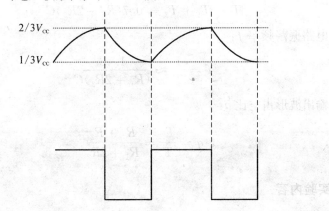

图 4.14 LM555 多谐振荡器电路中电容上的电压波形

（6）振荡电路输出 U_O 如图 4.15 所示。

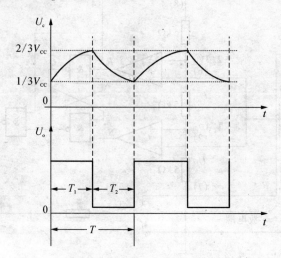

图 4.15　工作频率示意图

工作频率的计算：

（1）电容充电时间 T_1：

$$T_1 = \tau_1 \ln \frac{U_C(\infty) - U_C(0^+)}{U_C(\infty) - U_C(T_1)} = \tau_1 \ln \frac{V_{CC} - \frac{1}{3}V_{CC}}{V_{CC} - \frac{2}{3}V_{CC}} = 0.7(R_1 + R_2)C$$

（2）电容放电时间 T_2：

$$T_2 = 0.7 R_2 C$$

（3）电路振荡周期 T：

$$T = T_1 + T_2 = 0.7(R_1 + 2R_2)C$$

（4）电路振荡频率 f：

$$f = \frac{1}{T} \approx \frac{1.43}{(R_1 + 2R_2)C}$$

（5）输出波形占空比 q：

$$q = \frac{T_1}{T} = \frac{R_1 + R_2}{R_1 + 2R_2}$$

4.2.5　实验内容

用 LM555 产生 1 kHz 方波。

4.2.6　实验原理图

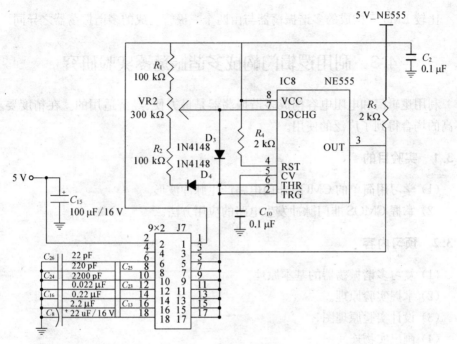

图 4.16　实验电路图

4.2.7　实验室操作内容

（1）连接实验电路板和电源。

（2）按预定的试验操作步骤操作。

（3）解决实验过程中的异常情况。

（4）记录实验结果。

（5）实验数据处理与分析。

4.2.8　实验器材

（1）实验箱（或电路板）

（2）示波器

（3）电子元件（LM555）

4.2.9　实验报告

把实验过程完整地记录下来就是实验报告（预习—实验室操作—实验数据处理和分析—再加上实验总结）。

4.2.10　思考题

比较 LM555 构成的多谐振荡器与由两个三极管构成的多谐振荡器之异同。

4.3　利用逻辑门构成多谐振荡器实验研究

利用逻辑门和电阻电容构成多谐振荡器是最方便、经济适用的。在精度要求不高的场合得到了广泛的使用。

4.3.1　实验目的

（1）学习用简单的 CMOS 非门电路产生脉冲波形。
（2）掌握 CMOS 非门脉冲发生电路的应用方法。

4.3.2　预习内容

（1）复习多谐振荡器的基本原理。
（2）掌握实验原理。
（3）设计实验原理图。
（4）画出实物连线图。
（5）建立起实验原理图和电路板实物图之间的联系。
（6）编写自己的实验操作步骤。
（7）设计实验数据记录表。

4.3.3　实验原理

（1）如图 4.17，设接通电源时，$U_c = 0$。G_1 截止，$U_{o1} = 1$，G_2 导通，$U_{o2} = 0$，$U_I = 0$。

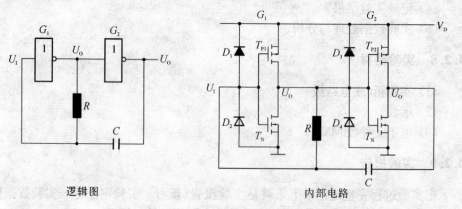

逻辑图　　　　　　　　　　　　内部电路

图 4.17　利用非门构成多谐振荡器原理图

电路处于第一暂稳态。

（2）电容 C 充电，充电时间常数为 RC，U_I 按指数规律增加。当 U_I 增大至 U_{th} 时，电路发生正反馈过程，使得 G_1 迅速导通，G_2 迅速截止，$U_{O1}=0$，$U_{O2}=1$。电路进入第二暂稳态。如图 4.18 所示。

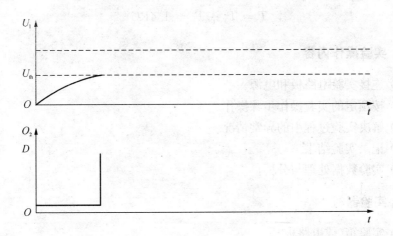

图 4.18 电容充电与输出波形图

（3）由于电容两端的电压不能突变，U_I 也上跳至 $V_{DD}+U_D$。

（4）此后，电容 C 开始放电，放电时间常数为 RC。U_I 按指数规律下降。当 U_I 下降至 U_{th} 时，电路又发生正反馈，使得 G_1 迅速截止，G_2 迅速导通，$U_{O1}=1$，$U_{O2}=0$。电路又回到第一暂稳态。

（5）同样，由于电容两端的电压不能突变，U_I 应下跳至 $U_{th}-V_{DD}$，但由于保护二极管的嵌位作用，仅下跳至 $-U_D$。振荡工作过程如图 4.19。

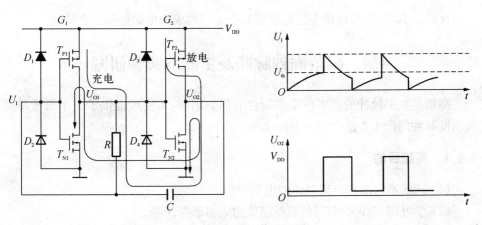

图 4.19 振荡工作过程图

（6）由电容的充放电公式，可得振荡周期 T 的计算式为：

$$T_1 = \tau\ln\frac{U_C(\infty) - U_C(0^+)}{U_C(\infty) - U_C(T_1)} = \tau\ln\frac{V_{DD}}{V_{DD} - U_{th}} = \tau_1\ln 2 = 0.7RC$$

$$T_2 = 0.7RC$$

$$T = T_1 + T_2 = 1.4RC$$

4.3.4　实验操作内容

（1）连接实验电路板和电源。

（2）按预定的实验操作步骤操作。

（3）解决实验过程中的异常情况。

（4）记录实验结果。

（5）实验数据处理与分析。

4.3.5　实验器材

（1）实验箱（或电路板）

（2）示波器

（3）电子元件（74F04）

4.3.6　实验报告

把实验过程完整地记录下来就是实验报告（预习—实验室操作—实验数据处理和分析—实验总结）

4.3.7　思考题

比较由 LM555 构成的多谐振荡器和由非门构成的多谐振荡器之异同。

4.4　高精确秒脉冲发生器的实验研究

高精度数字脉冲的产生在很多场合下都会用到，本实验提供了一个最简单的高精度脉冲的产生方法。

4.4.1　实验目的

（1）理解非门的和石英晶体的电器特性。

（2）学习用 CMOS 非门与石英晶体构成多谐振荡器。

（3）设计一个精度为纳秒级的秒脉冲振荡器。

4.4.2 预习内容

(1) 理解非门的和石英晶体的电器特性。

(2) 阅读石英晶体参数手册,列出关键参数表。

(3) 设计一个精度为纳秒级的秒脉冲方波。

(4) 设计实验原理图。

(5) 画出实物连线图。

(6) 建立起实验原理图和电路板实物图之间的联系。

(7) 编写自己的实验操作步骤。

(8) 设计实验数据记录表。

4.4.3 石英晶体多谐振荡器特性

石英晶体具有优越的选频性能,有两个谐振频率(图 4.20)。当 $f = f_s$ 时,为串联谐振,石英晶体的电抗 $X = 0$;当 $f = f_p$ 时,为并联谐振,石英晶体的电抗无穷大。由晶体本身的特性决定当 $f_s \approx f_p \approx f_0$(晶体的标称频率)时石英晶体的选频特性极好,$f_0$ 十分稳定,其稳定度可达 $1 \times 10^{-10} \sim 1 \times 10^{-11}$ 数量级(通常用 ppm 表示)。

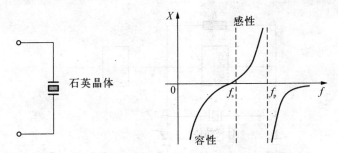

图 4.20 石英晶体符号及石英晶体的谐振特性

4.4.4 使用石英晶体的串联式振荡器

如图 4.21 所示,G_1 和 G_2 是两个反向器,石英晶体工作在串联谐振频率 f_0 下,

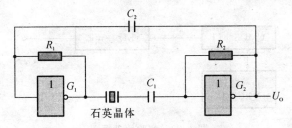

图 4.21 使用石英晶体的串联式振荡器

只有频率为 f_0 的信号才能通过,满足振荡条件。因此,电路的振荡频率为 f_0 时,与外接元件 R、C 无关,所以这种电路振荡频率的稳定度很高。

注:普通多谐振荡器是一种矩形波发生器,上电后输出频率为 f 的矩形波。根据傅里叶分析理论,频率为 f 的矩形波可以分解成无穷多个正弦波分量,正弦波分量的频率为 $nf(n=1,2,3\cdots)$,如果石英晶体的串联谐振频率为 f_0,那么只有频率为 f_0 的正弦波分量可以通过石英晶体(第 i 个正弦波分量,$i=f_0/f$),形成正反馈,而其他正弦波分量无法通过石英晶体。频率为 f_0 的正弦波分量被反相器转换成频率为 f_0 矩形波。因为石英晶体多谐振荡器的振荡频率仅仅取决于石英晶体本身的参数,所以对石英晶体以外的电路元件要求不高。

4.4.5　使用石英晶体的并联式振荡器

如图 4.22 所示,R 与 G_1 构成一个反相放大器。石英晶体工作在 f_S 与 f_P 之间,等效一电感,与 C_1、C_2 共同构成电容三点式振荡电路。电路的振荡频率为 f_0。反相器 G_2 起整形缓冲作用,同时 G_2 还可以隔离负载对振荡电路工作的影响,同时调整 C_1 的值,也能在一定的范围内调整振荡频率。

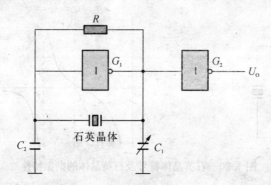

图 4.22　使用石英晶体的并联式振荡器

4.4.6　实验原理框图

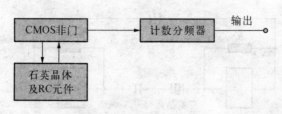

图 4.23　实验原理框图

4.4.7　实验室操作内容

（1）连接实验电路板和电源。

（2）按预定的试验操作步骤操作。

（3）解决实验过程中的异常情况。

（4）记录实验结果。

4.4.8　实验器材

（1）实验箱（或电路板）

（2）示波器

（3）电子元件（74F04、32.768 kHz 石英晶体振荡器）

4.4.9　实验报告

把实验过程完整地记录下来就是实验报告（预习—实验室操作—实验数据处理和分析—实验总结）。

4.4.10　思考题

试分析实验中产生的秒脉冲的精度。

4.5　波形调整实验研究

数字波形调整在很多电路中都有应用，本实验提供了一个简单的实现方法。

4.5.1　实验目的

（1）理解施密特电路特性。

（2）学习用 LM555 集成时基电路构成施密特电路。

（3）掌握集成施密特电路 74LS221 的结构。

（4）用集成施密特电路 74LS221 实施脉冲波形调整。

4.5.2　预习内容

（1）理解施密特电路特性。

（2）阅读 74LS221 参数手册列出关键参数表。

（3）用 555 产生 1 kHz 占空比为 1/4 的方波。

（4）设计实验原理图。

（5）画出实物连线图。

（6）建立起实验原理图和电路板实物图之间的联系。

（7）编写自己的实验操作步骤。

（8）设计实验数据记录表。

4.5.3　实验原理——施密特触发器

施密特触发器，虽然不能自动地产生方波信号，但却可以把其他形状的信号变换成为方波，为数字系统提供标准的脉冲信号。图 4.24（a）为把 LM555 的低电平触发端 2 脚和高电平触发端 6 脚一起作为信号输入端，构成了施密特触发器；图 4.24（b）为此施密特触发器输入和输出的特性曲线。

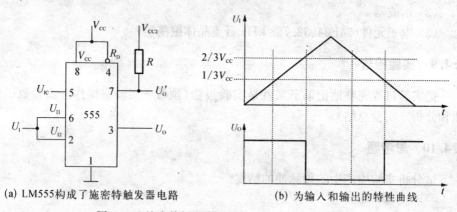

(a) LM555构成了施密特触发器电路　　　　(b) 为输入和输出的特性曲线

图 4.24　施密特触发器电路及输入和输出特性曲线

4.5.4　实验原理框图

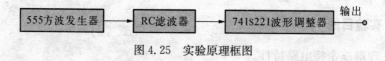

图 4.25　实验原理框图

4.5.5　实验室操作内容

（1）连接实验电路板和电源。

（2）按预定的实验操作步骤操作。

（3）解决实验过程中的异常情况。

（4）记录实验结果。

（5）实验数据处理与分析。

4.5.6　实验器材

（1）实验箱（或电路板）

（2）示波器

（3）电子元件（LM555、74LS221）

4.5.7　实验报告

把实验过程完整地记录下来就是实验报告（预习—实验室操作—实验数据处理和分析—实验总结）。

4.5.8　思考题

分析 LM555 构成的施密特电路和 74LS221 的差异。

第 5 章 时序电路的分析与设计实验

时序逻辑电路是数字逻辑系统中的重要组成部分。它在任意时刻的输出不仅取决于当前时刻的输入,还取决于电路之前的输入或当前状态。本章的重点是通过实验掌握触发器的特性、同步时序逻辑电路的分析和设计方法及集成计数器的应用。

5.1 基 础 知 识

5.1.1 时序电路的基本概念

图 5.1 是时序逻辑电路的基本结构框图,通常由组合逻辑电路和存储电路两部分组成。其中,存储电路由触发器构成是必不可少的。图中的 $X_i (i = 1, \cdots, m)$ 是

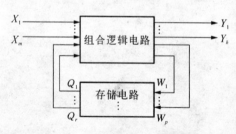

图 5.1 时序逻辑电路结构框图

电路的输入信号;$Y_i (i = 1, \cdots, k)$ 是电路的输出信号;$W_i (i = 1, \cdots, p)$ 是存储电路的输入信号,亦称驱动信号或激励信号;$Q_i (i = 1, \cdots, r)$ 是存储电路的输出信号,亦称时序电路的状态信号。从结构框图中可看出时序逻辑电路具有两个基本特点:① 具有记忆功能元件(通常为触发器);② 具有反馈通道,使记忆状态能在下一时刻作用于电路。

时序电路根据触发器动作方式可分为同步时序电路与异步时序电路两类。本章讨论同步时序电路的分析与设计。

5.1.2 时序电路的设计步骤

电路设计中应采用最简单的电路满足设计要求。一般要求所使用的触发器、门电路等元器件的种类数量尽可能少,连线尽可能短。设计步骤如下:

(1) 分析逻辑功能要求,导出状态转换图及状态表。

（2）进行状态化简。

（3）确定触发器的数目，进行状态分配。

（4）选定触发器的类型，导出电路输出方程与各触发器的激励函数。

（5）检查电路能否自启动，如不能自启动，则进行修改。

（6）画逻辑图并实现电路。

设计流程框图如图 5.2 所示。

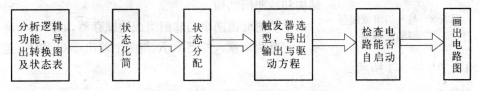

图 5.2　同步时序电路设计流程框图

5.2　锁存器构成和触发器特性研究实验

触发器是数字电路记忆"0"、"1"信息的基本功能电路。本节从研究锁存器构成入手，了解 JK 触发器的特点。有利于帮助理解从组合电路到时序电路的过渡。

5.2.1　实验目的

（1）掌握锁存器的电路组成形式及功能，理解从组合电路到时序电路的过渡。

（2）掌握时钟触发器的逻辑功能和触发方式。

5.2.2　预习要求

（1）复习触发器的分类。

（2）熟悉不同逻辑功能触发器之间的转换。

（3）阅读实验所用的 74LS00 和 74F74 芯片的参数手册，归纳实验中重要参数。

（4）学习实验电路图，画出实验连线图。

5.2.3　实验原理

触发器是构成时序逻辑电路的基本单元，具有"记忆"功能的特点。它有复位（$Q=0$）、置位（$Q=1$）、保持原状态三种功能。在一定的外加信号作用下，触发器可以从一种状态转变成另一种稳定状态。

根据时钟脉冲输入，触发器可分为两大类：一类是没有时钟输入端的触发器，称为锁存器；另一类是有时钟脉冲输入端的触发器，称为时钟触发器。本节分别以

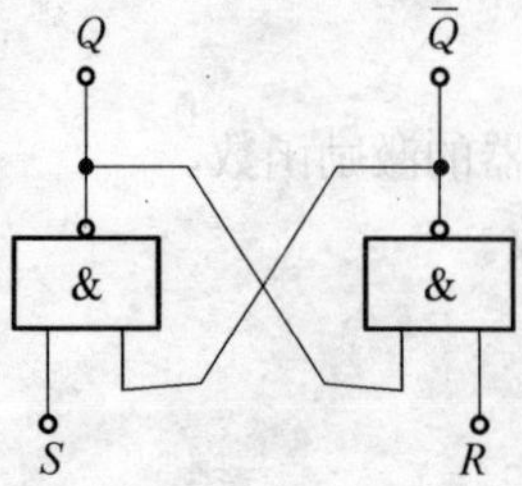

图 5.3　与非门组成锁存器的逻辑图

RS 锁存器与 JK 触发器为实验对象。

5.2.3.1　RS 锁存器

RS 锁存器属于结构最简单的存储电路,是构成其他各种触发器的基础。其电路一旦进入了"1"状态或"0"状态,无需输入信号,只要不断电其状态会被长久地记住,因此具有记忆功能。它的形式有两种,即与非门结构和或非门结构。

本节研究由两个与非门组成的锁存器,如图 5.3 所示。它有两个输入端 S 和 R 与两个输出端 Q 和 $\bar{Q}$。逻辑功能如表 5.1 所示。

表 5.1　与非门组成锁存器的功能表

R	S	Q^n	Q^{n+1}	功　能
0	0	0	不定	不允许
0	0	1	不定	
0	1	0	0	$Q^{n+1}=0$, 置 0
0	1	1	0	
1	0	0	1	$Q^{n+1}=1$, 置 1
1	0	1	1	
1	1	0	0	$Q^{n+1}=Q^n$, 保持
1	1	1	1	

根据 RS 锁存器的逻辑功能表可以看出:

(1) 当输入 $R=0$、$S=1$ 时,无论锁存器原先输出状态 Q^n 处于"1"或"0"状态,下一步的输出状态 Q^{n+1} 都将变为"0"状态。

(2) 当输入 $R=1$、$S=0$ 时,无论锁存器原先输出状态 Q^n 处于"1"或"0"状态,下一步的输出状态 Q^{n+1} 都将变为"1"状态。

(3) 当输入 $R=1$、$S=1$ 时,无论锁存器原先输出状态 Q^n 处于"1"或"0"状态,下一步的输出状态 Q^{n+1} 都将保持不变,这体现了锁存器具有记忆功能。

(4) 当输入 $R=0$、$S=0$ 时,将导致 Q^{n+1} 与 $\bar{Q}^{n+1}$ 的状态不确定。在使用中应尽量避免。因此列出与非门组成 RS 锁存器的约束条件: $R+S=1$

根据表 5.1 中各变量数值关系的逻辑函数列出对应的卡诺图(图 5.4)。

由卡诺图化简得到 RS 锁存器的特性方程:

$$\begin{cases} Q^{n+1} = \bar{S} + RQ^n \\ R + S = 1 \end{cases}$$

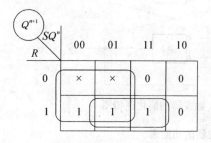

图 5.4　与非门组成 RS 锁存器的 Q^{n+1} 卡诺图

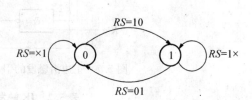

图 5.5　RS 锁存器状态转换图

除了功能表和特性方程外,锁存器的功能还可以更直观地用状态转换图和时序图描述。图 5.5 所示的状态转换图中两个圆圈内标的 1 和 0 分别代表 RS 锁存器的两个状态,带箭头的弧线表示状态由"现态"转换到"次态",弧线旁边标注的是状态转换条件。其中"×"代表 1 或 0。

时序图是反映输入信号取值和状态之间对应关系的图形。假设与非门组成的 RS 锁存器的初始状态为 0,已知输入 R、S 的波形图,可画出两输出端 Q 与 $\bar{Q}$ 的波形图,如图 5.6 所示。

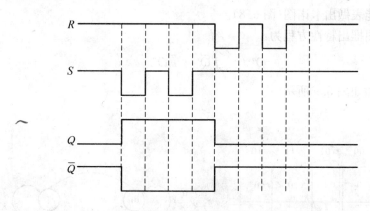

图 5.6　RS 锁存器的时序图

5.2.3.2　JK 触发器

JK 触发器可以是正边沿触发或者负边沿触发。图 5.7 是正边沿触发的 JK 触发器的基本内部逻辑。CLK 为时钟输入信号,控制输入端为 J 和 K,输出为 Q 和 $\bar{Q}$,其功能表如表 5.2 所示。

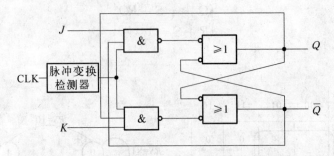

图 5.7　正边沿触发的 JK 触发器的简化逻辑图

表 5.2　JK 触发器的功能表

J	K	Q^n	Q^{n+1}	功能
0	0	0	0	$Q^{n+1} = Q^n$
0	0	1	1	
0	1	0	0	复位
0	1	1	0	
1	0	0	1	置位
1	0	1	1	
1	1	0	1	$Q^{n+1} = \overline{Q^n}$
1	1	1	0	

　　根据功能表做出卡诺图(图 5.8)。

　　由卡诺图推出特性方程为：

$$Q^{n+1} = J\,\overline{Q}^n + \overline{K}Q^n$$

其状态转换图如图 5.9 所示。

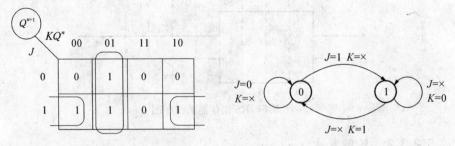

图 5.8　JK 触发器的 Q^{n+1} 卡诺图　　　　图 5.9　JK 触发器的状态转换图

　　图 5.10(a)中的波形为时钟信号与触发器的 J、K 输入信号。输出 Q 取决于时钟脉冲正向边沿处 J 和 K 的状态,在时钟的触发边沿之后 J 或 K 发生变化,不会对输出产生影响。假设初始状态为复位,图 5.10(b)给出了输出 Q 状态变化的

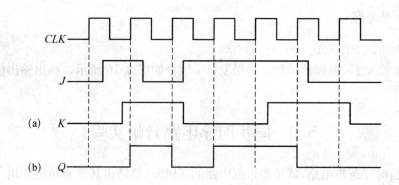

图 5.10　JK 触发器的时序图

波形图。

5.2.4　实验内容及方法

（1）用 74LS00 构成 RS 锁存器。

（2）掌握 74F74 的功能，并对它的特性进行测量。

5.2.5　实验原理图

用 74LS00 构成 RS 锁存器的实验原理
图如图 5.11 所示。

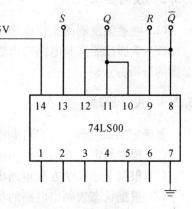

5.2.6　实验操作内容

（1）连接实验电路板和电源。

（2）按预定的实验操作步骤操作。

（3）解决实验过程中的异常情况。

（4）记录实验结果。

（5）实验数据处理与分析。

图 5.11　实验原理图

5.2.7　实验器材

（1）示波器　　　　　　　　　　1 台

（2）实验箱　　　　　　　　　　数逻实验箱　1 台

（3）器件　　　　　　　　　　　74LS00、74F74

5.2.8　实验报告

整理实验结果，并进行分析、总结。

5.2.9　思考题

（1）用或非门构建 RS 锁存器。

（2）如果 JK 触发器是负边沿触发，JK 信号如图 5.10 所示。画出输出信号 Q 的时序图。

5.3　同步时序电路分析实验

分析时序逻辑电路，就是要根据电路的逻辑图，总结出其逻辑功能并用一定的方式描述出来。时序逻辑电路常用的描述方式有逻辑方程、状态转换表、状态转换图、时序图等。

5.3.1　实验目的

（1）掌握同步时序逻辑电路的分析方法。

（2）根据给定时序逻辑电路结构，正确分析出该电路的逻辑功能。

5.3.2　预习要求

（1）熟悉触发器的工作原理及逻辑功能。

（2）掌握按照实验电路写出输出函数、激励函数和次态方程，以及状态表和状态图的分析方法。

5.3.3　设计原理

要确定用触发器构成的同步时序电路的功能，通常需要经过以下几个分析步骤：

（1）根据给定电路写出输出函数、激励函数和次态方程组。

（2）根据上述三个方程组列出电路的状态表。

（3）根据状态表画出电路的状态图，以及电路的工作波形。

（4）根据状态图（或状态表、工作波形）确定电路的逻辑功能。

例 5.1　分析图 5.12 所示电路图的逻辑功能。

解：根据电路图写出输出函数

$$Z^n = X^n Q_1^n Q_0^n$$

激励函数：

$$\begin{cases} J_1^n = X^n Q_0^n \\ K_1^n = X^n Q_0^n \end{cases} \qquad \begin{cases} J_0^n = X^n \\ K_0^n = X^n \end{cases}$$

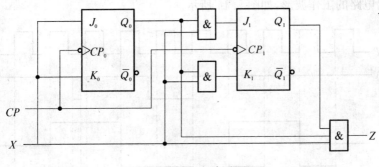

图 5.12　电路图

将激励函数代入 JK 触发器的次态方程

$$Q^{n+1} = J^n \bar{Q}^n + \bar{K}^n Q^n$$

得出次态方程：

$$\begin{cases} Q_1^{n+1} = (X^n Q_0^n) \oplus Q_1^n \\ Q_0^{n+1} = X^n \oplus Q_0^n \end{cases}$$

根据上述输出函数、激励函数和次态方程，列出电路的状态表，如表 5.3。

表 5.3　状态表

$Q_1^n Q_0^n$ \ X^n	0	1
00	00/0	01/0
01	01/0	10/0
11	11/0	00/1
10	10/0	11/0

$$Q_1^{n+1} Q_0^{n+1} / Z^n$$

根据状态表列出状态图，如图 5.13 所示。

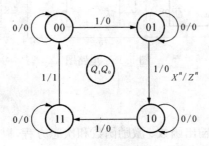

图 5.13　状态图

写出电路的工作波形,如图 5.14 所示。

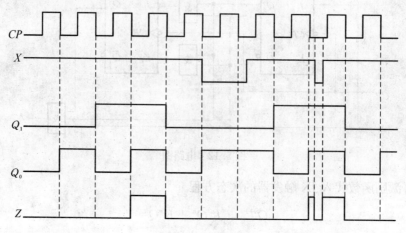

图 5.14　波形图

由以上分析可见,当输入 $X=0$ 时,电路始终处于保持状态;当输入 $X=1$ 时,电路呈现进入一个 CP 脉冲则状态加 1 的特点,且当电路处于状态"11"时,下一个 CP 脉冲到来后状态变为"00"并产生 $Z=1$ 输出,为四进制加法计数。因此,本电路的逻辑功能是可控同步四进制加法计数器,其中 X 为控制端、Z 为进位输出。当控制端 $X=0$ 时,维持原态;$X=1$ 时,进行四进制加法计数。

5.3.4　实验内容及方法

分析电路逻辑图 5.15 的逻辑功能。

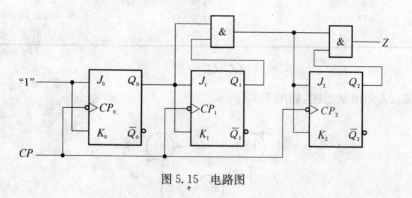

图 5.15　电路图

5.3.5　实验报告

按照实验电路写出输出函数、激励函数和次态方程,以及状态表和状态图,并画出电路的工作波形,最后确定电路的逻辑功能。

5.4　时序电路设计实验——序列检测

学习并掌握序列检测电路的设计,可以更深刻地理解时序电路的输出不仅取决于当前状态,而且取决于之前的输入。

5.4.1　实验目的

(1) 掌握用触发器设计同步时序电路的流程及方法。
(2) 能根据电路图连接好实物图,并实现其功能。

5.4.2　预习要求

(1) 进一步熟悉触发器的逻辑功能。
(2) 按照实验要求设计逻辑电路,记录设计过程,画出电路图。

5.4.3　设计原理

例 5.2　设计"111"序列检测器。

解:

(1) 分析题意,设置状态,画出状态转换图表

要设计的电路有一串行输入端 X 和一串行输出端 Y。输入 X 是一随机信号,每当连续输入三个"1"时,检测器输出为"1",其余情况下输出"0"。

　　例如:输入 X 序列为 010111011110…

　　　　　输出 Y 序列为 000001000100…

分析输入、输出关系可见,当连续输入 3 个"1"时,对应输出一个"1";在 3 个"1"以后不论输入的是"1"还是"0",输出均为"0"。显然,该序列检测器应该记住收到 X 中的连续 1 的个数,因此可以定义以下四个状态:

状态 S_0:表示未收到"1",已收到的输入码是 0,即为电路初态。

状态 S_1:表示已收到一个"1"。

状态 S_2:表示已连续收到两个"1"。

状态 S_3:表示已连续收到三个"1"。

分别以 $S_0 \sim S_3$ 为现态,按照功能要求确定在不同输入条件下的输出和次态,即可得到图 5.16 所示的完整的状态转换图和表 5.4 所示的状态转换表。

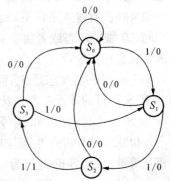

图 5.16　状态转换图

当电路处于状态 S_0 时,表明电路未收到"1"。若此时输入 $X=0$,则电路的次态仍为 S_0,输出 $Z=0$;若此时输入 $X=1$,则电路收到第一个1,次态为 S_1,输出 $Z=0$。

当电路处于 S_1 时,表明电路已收到一个"1"。若此时输入 $X=0$,则连续接收"111"的过程被打断,前面刚收到的1作废,电路返回到未收到有效"1"的状态,则次态为 S_0,输出 $Z=0$;若此时输入 $X=1$,则电路连续收到两个"1",次态为 S_2,输出 $Z=0$。

当电路处于 S_2 时,表明电路已连续收到两个"1"。若此时输入 $X=0$,则连续接收"111"的过程被打断,前面连续收到的"11"作废,电路返回到未收到有效"1"的状态,则次态为 S_0,输出 $Z=0$;若此时输入 $X=1$,则电路连续收到三个"1",次态为 S_3,输出 $Z=1$。

当电路处于 S_3 时,表明电路已连续收到三个"1"。若此时输入 $X=0$,电路的次态为 S_0,输出 $Z=0$;若此时输入 $X=1$,则表示电路收到1个"1",次态为 S_1,输出 $Z=0$。

由状态转换图可以得到状态表,如表5.4所示。

表5.4 状态转换表

S	X 0	1
S_0	$S_0/0$	$S_1/0$
S_1	$S_0/0$	$S_2/0$
S_2	$S_0/0$	$S_3/1$
S_3	$S_0/0$	$S_1/0$

(2) 状态化简

一般情况下状态转换图或状态表都存在"冗余"状态,通过状态化简,可减少时序逻辑电路中记忆单元的数量,简化逻辑电路。

如果在所有输入条件下,两个状态对应的输出相同,且对应的次态满足① 次态相同,② 维持现态或者次态交错变化,③ 次态互为隐含条件这三个条件之一,则这两个状态相互等价。

如果状态 S_i 的次态是 S_j,而状态 S_j 的次态是 S_i,称为次态交错变化。如果状态 S_1 和 S_2 等价的前提条件是状态 S_3 和 S_4 等价,而 S_3 和 S_4 等价的前提条件又是状态 S_1 和 S_2 等价,此时 S_1 和 S_2 等价,S_3 和 S_4 等价,这称为次态互为隐含条件。

等价状态具有传递性,即如果 $S_1 \approx S_2$、$S_2 \approx S_3$,则有 $S_1 \approx S_2 \approx S_3$,即 S_1、S_2、S_3 相互等价,最大等价类记为 (S_1, S_2, S_3),所有状态可以合并为1个状态,记为 $(S_1, S_2, S_3) = (S_1)$。观察化简法就是要找出原始状态表中的最大等价类,并合并为1个状态,得到最简化的状态表。

在状态转换表 5.4 中,状态 S_0 和 S_3 在各种输入条件下对应的输出相同,次态也相同,符合条件①,所以状态 S_0 和 S_3 等价。令 $(S_0, S_3) \rightarrow S_a$,$S_1 \rightarrow S_b$,$S_2 \rightarrow S_c$,从而做出表 5.5 所示的简化状态转换表。

表 5.5　简化状态转换表

$\diagdown \ ^X$ S	0	1
S_a	$S_a/0$	$S_b/0$
S_b	$S_a/0$	$S_c/0$
S_c	$S_a/0$	$S_a/1$

(3) 状态分配

状态分配就是给每个简化状态分配一个二进制码。n 个触发器能代表 n 位二进制数,共有 2^n 种状态组合。若简化状态表的状态数为 N,那么所需状态数 N 和触发器个数 n 之间应满足以下关系:

$$2^{n-1} < N \leqslant 2^n$$

化简后的状态数 $N = 3$,则记忆单元数 n 取 2。两个记忆单元,即 2 个触发器 Q_1、Q_2 可以有四种状态:00、01、11 和 10。假如我们取 $S_a = 00$、$S_b = 01$、$S_c = 11$,10 为任意态,则可得编码形式的状态转换图,如图 5.17 所示。状态转换表列于表 5.6。

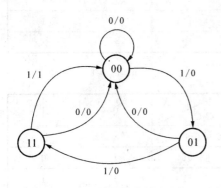

图 5.17　简化状态转换图

表 5.6　简化状态转换表

Q_2^n	Q_1^n	$Q_2^{n+1} Q_1^{n+1}/Y$	
		$X = 0$	$X = 1$
0	0	00/0	01/0
0	1	00/0	11/0
1	1	00/0	00/1
1	0	$\times$	$\times$

(4) 触发器选择

目前中规模逻辑集成触发器主要有 JK 触发器和 D 触发器两种,从原理来说,任何一种触发器都可以实现逻辑要求,但哪一种触发器使电路简单,则需要求出激励函数、输出函数后方可确定。从简化状态转换表 5.6 做出表 5.7 所示的状态转换真值表。

表 5.7　真 值 表

X	Q_2^n	Q_1^n	Q_2^{n+1}	Q_1^{n+1}	Y	J_2	K_2	J_1	K_1	D_2	D_1
0	0	0	0	0	0	0	$\times$	0	$\times$	0	0
0	0	1	0	0	0	0	$\times$	$\times$	1	0	0

X	Q_2^n	Q_1^n	Q_2^{n+1}	Q_1^{n+1}	Y	J_2	K_2	J_1	K_1	D_2	D_1
0	1	1	0	0	0	×	1	×	1	0	0
0	1	0	×	×	×	×	×	×	×	×	×
1	0	0	0	1	0	0	×	1	×	0	1
1	0	1	1	1	0	1	×	×	0	1	1
1	1	1	0	0	1	×	1	×	1	0	0
1	1	0	×	×	×	×	×	×	×	×	×

若选用 JK 触发器,从表 5.7 可作出 J_2、K_2、J_1、K_1 和 Y 的卡诺图,如图 5.18 (a)、(b)、(c)、(d)和(e)所示。从卡诺图可分别求出激励函数 J_2、K_2、J_1、K_1 和输出函数 Y。

Q_2Q_1＼X	0	1
00	0	0
01	0	1
11	×	×
10	×	×

(a) $J_2 = XQ_1$

Q_2Q_1＼X	0	1
00	×	×
01	×	×
11	1	1
10	×	×

(b) $K_2 = 1$

Q_2Q_1＼X	0	1
00	0	1
01	×	×
11	×	×
10	×	×

(c) $J_1 = X$

Q_2Q_1＼X	0	1
00	×	×
01	1	0
11	1	1
10	×	×

(d) $K_1 = Q_2 + \overline{X} = \overline{\overline{Q_2}X}$

Q_2Q_1＼X	0	1
00	0	0
01	0	0
11	0	1
10	×	×

(e) $Y = XQ_2$

图 5.18　激励函数卡诺图及输出函数卡诺图

若选用 D 触发器,从表 5.7 状态真值表可做出 D_2、D_1 和 Y 的卡诺图,如图 5.19 所示[Y 的卡诺图与图 5.18(e)同]。从卡诺图可求出激励函数 D_1、D_2 和输出函数 Y(与 JK 触发器是相同)。

Q_2Q_1 \ X	0	1
00	0	0
01	0	1
11	0	0
10	×	×

(a) $D_2 = XQ_1\overline{Q}_2$

Q_2Q_1 \ X	0	1
00	0	1
01	0	1
11	0	0
10	×	×

(b) $D_1 = X\overline{Q}_2$

图 5.19　激励函数卡诺图

从上面讨论可知,采用 JK 触发器需要三个与门和一个非门,采用 D 触发器需要三个与门。

(5)"孤立"状态检查

在表 5.6 的简化状态转换表中 Q_2Q_1 为 10 时,次态为任意态。当输入 $X = 1$ 时,将 $Q_2Q_1 = 10$ 代入由卡诺图 5.18 导出的激励函数与输出函数,可得 $J_2 = 0$、$K_2 = 1$,$J_1 = 1$,$K_1 = 1$,即 Q_2 从 1 状态转变为 0 状态;Q_1 处于计数状态,从原来的 0 状态转变为"1"状态。同理当 $X = 0$ 时,Q_2Q_1 从 10 状态转变为 00 状态,状态转换图如图 5.20 所示。可见逻辑电路具有自启动功能。

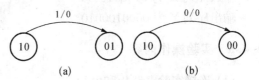

图 5.20　任意状态转换图

(6)画出逻辑图

按卡诺图 5.18 求出的激励函数和输出函数,可画出用 JK 触发器构成的逻辑

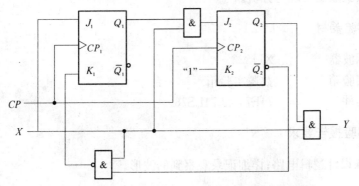

图 5.21　JK 触发器构成"111"序列检测逻辑电原理图

电路图,如图 5.21 所示。

按卡诺图 5.18(c)求出的输出函数和卡诺图 5.19 求出的激励函数,可画出用 D 触发器构成的逻辑电路图,如图 5.22 所示。

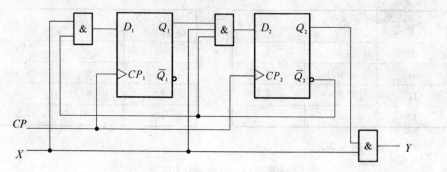

图 5.22　D 触发器构成"111"序列检测逻辑电原理图

5.4.4　实验内容及方法

用 JK 触发器设计一个同步序列检测器,当输入序列为 1001 时,输出一个 1,即:

输入序列 X 为 0100110011

输出序列 Y 为 0000100010

5.4.5　实验操作内容

(1) 连接实验电路板和电源。

(2) 按预定的实验操作步骤操作。

(3) 解决实验过程中的异常情况。

(4) 记录实验结果。

(5) 实验数据处理与分析。

5.4.6　实验器材

(1) 示波器　　　　XJ4323　　　　　一台

(2) 实验箱　　　　数逻实验箱　　　一台

(3) 器件　　　　　74F74 和 74LS76

5.4.7　实验报告要求

按步骤设计逻辑电路;详细记录观察到的波形。

5.4.8　思考题

试用 D 触发器设计 5.4.4 节的序列检测实验。

5.5　时序电路设计实验——触发器构成计数器

任意进制的计数器在现实生活中应用广泛。本节基于 JK 触发器介绍了模为 6 的计数器的设计与实现方法,该方法也可以扩展到设计实现任意进制的计数器。

5.5.1　实验目的

(1) 掌握用触发器设计任意进制计数器的方法。
(2) 学会在设计时序电路的过程中进行检验与完善。

5.5.2　预习要求

(1) 掌握非自启动电路中打破无效循环的方法。
(2) 按照实验要求设计逻辑电路,记录设计过程,画出电路图。

5.5.3　设计原理

例 5.3　用 JK 触发器设计一个模为 6 的计数器。

解: 电路需要 6 个状态,因此要由 3 个 JK 触发器构建电路。现在任意选取 6 个 3 位二进制数代表其状态,其状态转换图如图 5.23 所示,编码状态表如表 5.8 所示。

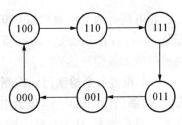

图 5.23　状态转换图

表 5.8　编码状态表

Q_2^n	Q_1^n	Q_0^n	Q_2^{n+1}	Q_1^{n+1}	Q_0^{n+1}
1	0	0	1	1	0
1	1	0	1	1	1
1	1	1	0	1	1
0	1	1	0	0	1
0	0	1	0	0	0
0	0	0	1	0	0

各个 JK 触发器的激励函数可根据真值表做出卡诺图进行化简得到:

$$\begin{cases} J_2^n = \overline{Q}_0^n \\ K_2^n = Q_0^n \end{cases} \quad \begin{cases} J_1^n = Q_2^n \\ K_1^n = \overline{Q}_2^n \end{cases} \quad \begin{cases} J_0^n = Q_1^n \\ K_0^n = \overline{Q}_1^n \end{cases}$$

各个触发器的次态方程可从编码状态表 5.8 得到次态卡诺图,如图 5.24(a～c)所示。

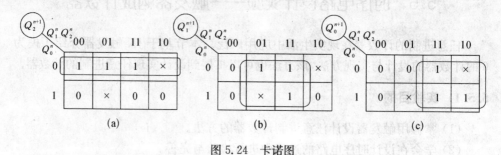

图 5.24　卡诺图

经化简卡诺图后得:

$$\begin{cases} Q_2^{n+1} = \overline{Q}_0^n \\ Q_1^{n+1} = Q_2^n \\ Q_0^{n+1} = Q_1^n \end{cases}$$

此电路有两个多余状态 010 和 101,由已经求出的次态方程组可知,010 的次态是 101,101 的次态是 010,它们构成一个循环,因此电路是非自启动的,下面介绍两种打破无效循环的方法。

(1) 设置一个检测门。检测无效循环中的某一个状态,如 010。当遇到 010 状态时,检测门输出低电平,该低电平送到各个 JK 触发器的异步清零端,使各个 JK 触发器异步清零,从而打破无效循环。

(2) 修改逻辑设计。原来设计电路时,为了简化电路,所有多余状态的次态都作为×来处理。现在,为了打破无效循环,可以选 1～2 个最简单的无效循环予以打破,规定这些无效循环中某个状态的次态为主循环中的一个状态,重新进行逻辑设计。本例中只有 1 个无效循环,可选择其中的 010 状态来打破无效循环。原来 010 的次态为 101,现在改变最高位,使 010 的次态变为 001,这样仅最高位的激励函数表达式发生变化,只需重新求出最高位的激励函数表达式即可。此时 Q_2 的次态卡诺图如图 5.25 所示(其中 010 方格中的 0 原来为×)。

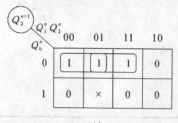

图 5.25　Q_2^{n+1} 的卡诺图

Q_2 的次态方程为:

$$Q_2^{n+1} = \overline{Q}_1^n \, \overline{Q}_0^n + Q_2^n \, \overline{Q}_0^n$$

同理,得最高位 JK 触发器的激励函数为:

$$\begin{cases} J_2^n = \overline{Q}_1^n\,\overline{Q}_0^n \\ K_2^n = Q_0^n \end{cases}$$

完成以上设计步骤后,画出逻辑电路图如图 5.26 所示。经修改后最终实现具有自启动功能的时序电路。

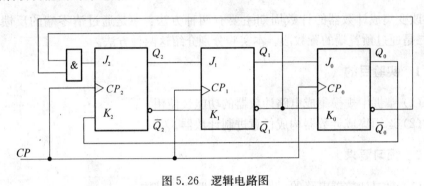

图 5.26　逻辑电路图

5.5.4　实验内容

用 D 触发器设计一个模 7 的计数器。

5.5.5　实验操作内容

(1) 连接实验电路板和电源。
(2) 按预定的试验操作步骤操作。
(3) 解决实验过程中的异常情况。
(4) 记录实验结果。
(5) 实验数据处理与分析。

5.5.6　实验器材

(1) 示波器　　　　　XJ4323　　　　　1 台
(2) 实验箱　　　　　数逻实验箱　　　1 台
(3) 器件　　　　　　74F74

5.5.7　实验报告

按步骤设计逻辑电路,详细记录观察到的波形。

5.5.8 思考题

试用 D 触发器设计一个 8421 码的十进制加法计数器。

5.6 集成计数器应用研究实验

改变集成计数器的计数周期主要有两种方法:一是通过清零端的反馈清零法;二是通过预置端的置数法。本实验分别介绍这两种方法。

5.6.1 实验目的

(1) 掌握中规模集成电路计数器的功能及使用。
(2) 运用集成计数器构成任意进制计数器。

5.6.2 预习要求

(1) 复习计数器电路的工作原理和电路组成结构。
(2) 阅读 74LS160 参数手册。
(3) 画出实验电路图和连线图,设置实验波形测试点。
(4) 预先计算各测试点波形图。

5.6.3 设计原理

74LS160 是中规模集成 8421BCD 码同步十进制加法计数器,计数范围是 $0 \sim$ 9。它具有同步置数、异步清零、保持和十进制加法计数等逻辑功能。74LS160 的模块符号如图 5.27 所示。

$\overline{CLR}$ 是低电平有效的异步清零输入端,它通过各个触发器的异步复位端将计数器清零,不受时钟信号 CLK 的控制。当低电平应用于 $\overline{LD}$ 输入端时,该计数器的输出端 $Q_0 \sim Q_3$ 会取得下一个时钟脉冲上数据输入端 $D_0 \sim D_3$ 的状态。因此,该计数器可以被同步预置到 $0 \sim 9$ 的任意二进制数。两个启动输入端 EP 和 ET 必须均为高电压时,计数器才能顺序计数,否则计数功能失效。当计数到 9 时,进位输出信号 CO 输出一个正脉冲。表 5.9 是 74LS160 的功能表,74LS160 的时序图如图 5.28 所示。

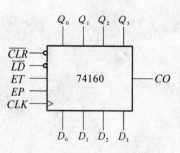

图 5.27 74LS160 四位同步十进制
加法计数器模块符号

表 5.9　74LS160 四位同步十进制加法计数器功能表

输				入					输			出	工作模式
$\overline{CLR}$	$\overline{LD}$	EP	ET	CLK	D_0	D_1	D_2	D_3	Q_0^{n+1}	Q_1^{n+1}	Q_2^{n+1}	Q_3^{n+1}	
0	×	×	×	×	×	×	×	×	0	0	0	0	异步清零
1	0	×	×	↑	d_0	d_1	d_2	d_3	d_0	d_1	d_2	d_3	同步置数
1	1	0	1	×	×	×	×	×	Q_0^n	Q_1^n	Q_2^n	Q_3^n	保持
1	1	×	0	×	×	×	×	×	Q_0^n	Q_1^n	Q_2^n	Q_3^n	保持(CO=0)
1	1	1	1	↑	×	×	×	×	十进制加法计数				计数

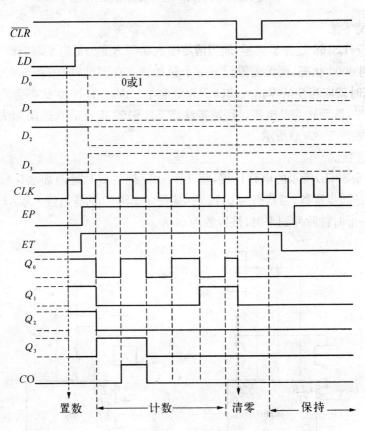

图 5.28　74LS160 四位同步十进制加法计数器的时序图

例 5.4　用 74LS160 构造八进制加法计数器。

74LS160 是具有异步清零和同步置数功能的十进制加法计数器,它的计数循环中包含 10 个状态。因此,用 74LS160 构造八进制加法计数器时,要使它提前两个状态结束计数循环,使状态 0111 的下一个状态改为 0000 而非原来的 1000,如图 5.29 所示。

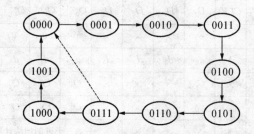

图 5.29　十进制加法转换为八进制加法的状态转换示意图

（1）清零法

由于 74LS160 是异步清零,即当清零输入端$\overline{CLR}$变为低电平时,计数器马上被清零,回到 0000 状态,而无需等到下一个脉冲到来。因此,应该在 1000 状态而非 0111 状态时就应当使清零输入端$\overline{CLR}$为低电平。因此在 1000 状态会出现极短时间的高电平,继而转为低电平。用清零法将 74LS160 构造成八进制加法计数器的电路连接如图 5.30(a)所示。

（2）置数法

如图 5.30(b)所示的电路连接,将 74LS160 构造成八进制加法计数器。由于 74LS160 是同步置数,当状态为 0111 时,要使 74LS160 的置数输入端$\overline{LD}$变为低电平,等下一个时钟脉冲到来时,被置数为 0000。

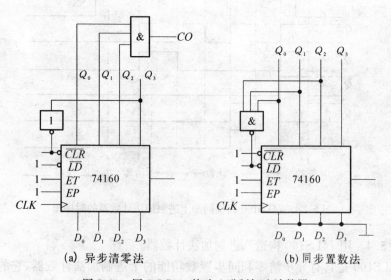

(a) 异步清零法　　　　(b) 同步置数法

图 5.30　用 74LS160 构造八进制加法计数器

5.6.4　实验内容

用 74LS160 分别以清零法和置数法完成 11 进制计数的实验。

5.6.5　实验操作内容

(1) 连接实验电路板和电源。
(2) 按预定的实验操作步骤操作。
(3) 解决实验过程中的异常情况。
(4) 记录实验结果。
(5) 实验数据处理与分析。

5.6.6　实验器材

(1) 示波器　　　　XJ4323　　　　1 台
(2) 实验箱　　　　数逻实验箱　　1 台
(3) 器件　　　　　74LS160

5.6.7　实验报告

(1) 总结 74LS160 计数器的功能和特点。
(2) 整理实验电路,画出时序波形图。

5.6.8　思考题

用 74LS162 如何分别以清零法与置数法完成任意计数的实验?

第6章 数字电路综合设计

数字电路综合设计的宗旨是提高学生在电路方面的综合设计能力和创新意识。从前几章以局部电路为主的验证性实验和局部设计性实验过渡到多模块、综合性的系统实验。把门电路、脉冲产生电路、时序电路与实际工程问题联系起来，用数字电路的理论和方法解决工程问题是工程设计的启蒙。

综合设计实验主要是运用前面所学的数字电路基础知识和基本的中小规模集成电路构建一个小型的数字系统。目的是帮助学生初步掌握数字电路系统的基本设计思想及设计方法，同时通过实践，进一步加深对基本数字电路的运用和对理论知识的理解。

6.1 数字电路设计步骤

6.1.1 总体方案设计

在设计总体方案时，首要的是对给定的课题进行分析，明确该课题要实现的功能、性能指标，使用场合等，然后才能做总体设计方案。在设计方案的过程中，需要查阅相关的资料，查阅具有先进性、稳定性、易设置易操作、价格低的集成电路芯片和电路结构，将多个方案进行分析和比较，还要考虑制作的难易程度，从而设计出最佳的总体方案。这就是方案的论证过程。

一般总体设计方案用框图和注释表示。每个框图表示一个功能单元，用表示信号流向的箭头把各个框图连接起来。对于方案中主体部分或者关键部分，描述要详细和准确。对于次要的部分，可以简单一点。

例如

6.1.2 单元电路设计

(1) 明确各单元电路的各项性能指标。事实上，单元电路的各项性能应该在设计总体方案时已确定，在此应该是更明确和更具体化。在设计各单元电路时，还应注意各单元电路间的逻辑电平匹配、负载匹配等问题，同时各单元电路要尽可能

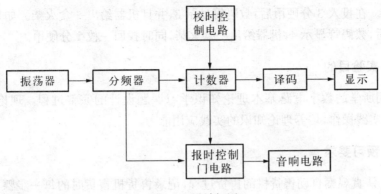

图 6.1 设计框图

选择同一系列的集成电路。

(2) 单元电路结构的选择,同样应该反复地比较和论证。要多查阅资料和生产厂商的技术说明,从中选择性能优越,各项参数符合本课题要求、价格低的集成电路。

(3) 各单元电路参数的计算要准确,各波形间的配合,在时间上要留有一定的余量,避免因温度等其他的原因使波形间产生毛刺,使电路产生不稳定的因素。

(4) 画出单元电路的电路图,写出单元电路的技术说明,包括参数的计算,各点的波形。

(5) 对单元电路进行实验,测试各点的波形和参数,看是否符合设计要求,同时可对不合理的地方进行再一次的修改。

6.1.3　画出总体电路图

各单元电路设计完成后,画出总体电路图。在画总体电路图时,要注意各单元电路的摆放位置,原则上是从待处理的信号开始依次画出,要特别注意的是各单元电路间的关系要清晰明了及美观。

6.1.4　总体电路安装及调试

按照要求,画出 PCB 图,或者在面包板上搭出整体电路进行调试。调试时要注意首先是测试各单元电路的波形或者参数是否和原设计相符合,从而可以快速地找出是哪个单元电路出现了故障。

6.2　自动售货机的设计研究

设计任务

设计一个自动售火柴机的逻辑电路。它的投币口每次只能投入一枚(1 分或 2

分)硬币。在投入 3 分硬币后,数码管显示 3,并且机器给出一盒火柴。如果投入 4 分硬币后,数码管显示 4,机器给出一盒火柴,同时找回一枚 1 分硬币。

6.2.1　实验目的

运用所学的数字电路基本理论知识学习课题设计的完整过程。理论联系实际,锻炼实践操作,培养理论知识的实践应用能力。

6.2.2　预习要求

(1) 认真观察自动售货机的售货过程,记录售货机售货时的每一步骤,考虑售货机在售货过程的每一步骤中可能发生的各种情况。

(2) 对课题进行设计,写出设计的详细步骤,画出逻辑电路图。

6.2.3　设计原理

6.2.3.1　设计分析

售货机在售货的每一过程均可看做一个状态,并且下一状态的进程取决于上一状态的进程,每一个状态必须具有记忆功能。因此主体电路可采用时序电路设计方法。

1. 总体设计

在本课题的设计中,忽略一些机械的或传感器信号的设计。对于投币等传感信号,均采用按钮或拨动开关取代。

自动售货机操作说明

● 二个投币口,分别能投入 1 分、2 分的硬币。

● 一个八段数码管,显示投入硬币的数量。

● 一个"输出"按钮,在投入硬币后,按下按钮,售货机即可输出"火柴"。

● 二个指示灯,分别显示"输出"火柴和"找零"两个状态。

具体操作见实验任务。根据以上分析,画出电路框图如 6.2 所示。

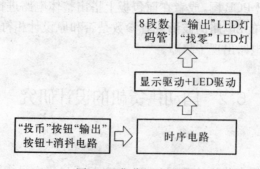

图 6.2　售货机总框图

2. 各辅助单元电路原理

● 在各个开关或者按钮的消抖动电路。

● 显示投币数量的 8 段数码管和驱动电路。

● 出货、投币状态 LED 指示灯和驱动电路。

(1) "输出"按键

"输出"按键的功能是产生一个单脉冲,把投币口的开关信号打入触发器。时序电路中采用的是下降沿触发的 JK 触发器 74LS76,所以按键的功能是产生一个负跳变的单脉冲。输出按键电路如图 6.3 所示,由 RS 触发器构成。常态时,开关接在上端,$\bar{P}$ 为 1;当按钮按下,开关接到下端,$\bar{P}$ 变为 0,产生一个负脉冲,作为 JK触发器的打入脉冲。

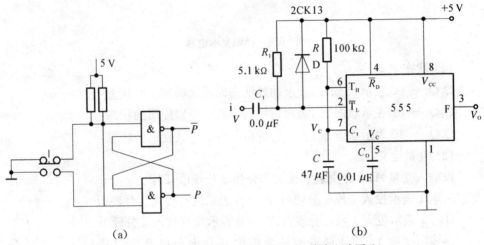

(a)　　　　　　　　　　(b)

图 6.3　负跳变单脉冲发生器(a)和 555 单稳电路图(b)

(2) 清零电路

每次操作完成后,对于具有记忆功能的电路要清零,为第二次的操作做好准备。清零电路采用了 555 电路组成的可触发单稳态。"输出"信号作为触发单稳态脉冲。

(3) 显示电路

采用八段数码显示管,CD4511 为译码驱动器,如图 6.4 所示。

LE 为锁定控制端,当 $LE = 0$ 时,允许译码输出。$LE = 1$ 时译码器是锁定保持状态,译码器输出被保持在 $LE = 0$ 时的数值。A、B、C、D 为 8421BCD 码输入端。a、b、c、d、e、f、g、h 为译码输出端,输出为高电平 1 有效。

6.2.3.2　主体电路设计

主体设计采用 74LS76 触发器组成时序电路,用以实现售货机的各个状态。设计时序电路必须确定电路的外部输入和输出,以及电路可能存在的各种状态。

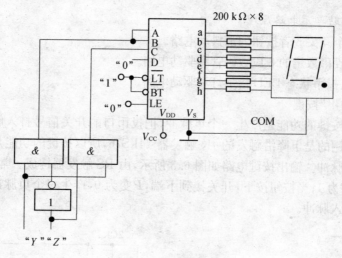

图 6.4 译码显示电路

（1）状态定义

$Q_1Q_0 = 00$ 表示状态 S_0，表示初始状态以及火柴售出的状态

$Q_1Q_0 = 01$ 表示状态 S_1，表示售货机中有 1 分钱硬币的状态

$Q_1Q_0 = 10$ 表示状态 S_2，表示售货机中有 2 分钱硬币的状态

（2）变量定义

设输入变量 A,B 分别表示投入 1 分和 2 分硬币，即：

$A = 1$ 表示投入 1 枚 1 分硬币；$A = 0$ 表示没有投入 1 分硬币

$B = 1$ 表示投入 1 枚 2 分硬币；$B = 0$ 表示没有投入 2 分硬币

设输出变量 Y,Z 分别表示是否给出一盒火柴以及同时找回一枚 1 分硬币，即：

$Y = 1$ 表示给出一盒火柴；$Y = 0$ 表示没有给出一盒火柴

$Z = 1$ 表示找回一枚 1 分硬币；$Z = 0$ 表示没有找回一枚 1 分硬币

（3）建立状态图

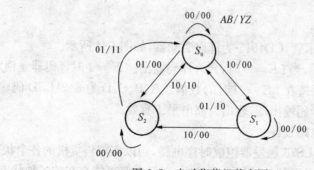

图 6.5 自动售货机状态图

（4）建立状态真值表

表 6.1 真 值 表

A	B	Q_1^n	Q_0^n	Q_1^{n+1}	Q_0^{n+1}	Y	Z	J_1	K_1	J_0	K_0
0	0	0	0	0	0	0	0	0	φ	0	φ
0	0	0	1	0	1	0	0	0	φ	φ	0
0	0	1	0	1	0	0	0	φ	0	0	φ
0	1	0	0	1	0	0	0	1	φ	0	φ
0	1	0	1	0	0	1	0	0	φ	φ	φ
0	1	1	0	0	0	1	1	φ	1	0	φ
1	0	0	0	0	1	0	0	0	φ	1	φ
1	0	0	1	1	0	0	0	1	φ	φ	1
1	0	1	0	0	0	1	0	φ	1	0	φ

（5）卡诺图化简

$Q_1^nQ_0^n$ \ AB	00	01	11	10
00	0	0	φ	φ
01	1	0	φ	φ
11	φ	φ	φ	φ
10	1	φ	φ	

$Q_1^nQ_0^n$ \ AB	00	01	11	10
00	φ	φ	φ	0
01	φ	φ	φ	1
11	φ	φ	φ	φ
10	φ	φ	φ	1

$Q_1^nQ_0^n$ \ AB	00	01	11	10
00	0	φ	φ	0
01	0	φ	φ	0
11	φ	φ	φ	φ
10	1	φ	φ	φ

$Q_1^nQ_0^n$ \ AB	00	01	11	10
00	φ	φ	φ	φ
01	φ	1	φ	φ
11	φ	φ	φ	φ
10	φ	1	φ	φ

$Q_1^nQ_0^n$ \ AB	00	01	11	10
00	0	0	φ	0
01	0	1	1	1
11	φ	φ	φ	φ
10	0	0	φ	1

$Q_1^nQ_0^n$ \ AB	00	01	11	10
00	0	0	φ	0
01	0	0	φ	1
11	φ	φ	φ	φ
10	0	0	φ	0

6.2.4　实验内容及方法

写出自动售货机设计的全过程,画出售货机的完整图纸,在面包板上进行搭出售货机的完整电路,调试电路,验证是否实现功能。指出可以改进和增强的地方。

6.2.5　实验器材

(1) +5 V 直流电源	(2) 双踪示波器
(3) 连续脉冲源	(4) 逻辑电平显示器
(5) 直流数字电压表	(6) 数字频率计

(7) 主要元、器件

LS76(JK 触发器)	1 片
CD4511(七段译码器)	1 片
NE555(时钟发生器)	1 片
七段数码管	1 个
LED	4 个
电容 0.01 μF	3 个
二极管	1 个
电阻	10 kΩ×1,22 kΩ×1,5 kΩ×2
按钮	2 个

6.3　数字锯齿波波形发生器的设计研究

设计任务

晶体管特性图示仪是电子测量常用仪器之一,通常扫描信号和阶梯信号由 50 Hz 工频市电变换而来,其稳定性差,X 轴扫描为正弦脉冲,线性度差。本实验旨在用数字电路中的 555 定时器作为晶体管特性图示仪中的扫描信号发生器,通过 555 定时器产生同步的 X 轴扫描锯齿波和 Y 轴扫描阶梯波,其扫描频率不受工频市电限制,扫描信号同步性能好。

6.3.1　实验目的

(1) 熟悉数字电路的应用。
(2) 熟悉数字电路和模拟电路相结合设计方法。

6.3.2　预习要求

(1) 复习 555、74LS161、运算放大器 741 等器件的工作原理。
(2) 对课题进行设计,写出设计和理论计算的详细步骤,画出电路图。

6.3.3　实验设计

6.3.3.1　设计分析

晶体管的输出特性指集电极电流 I_c 在一系列一定的基极电流 I_b 下,随集电极—发射极电压 U_{ce} 变化的一簇曲线束,如图 6.6 所示。

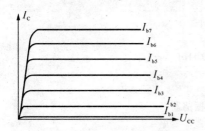

图 6.6　晶体管输出特性曲线

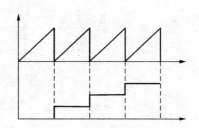

图 6.7　集电极扫描电压与基极阶梯
电压(阶梯电流)间的关系

对于给定的 I_b,只能表现出其中一条曲线。为了显示出整个曲线簇,只要使 I_b,即 U_b 是阶梯波变化,而 U_c 是锯齿波变化,锯齿波的周期等于每一阶梯的维持时间,如图 6.7 所示。

总体设计

阶梯波产生电路由多谐振荡器(555 定时器构成)、四位二进制加法器(CD4518)、数模转换电路和反相比例运算器组成。测试原理图如 6.8 所示。

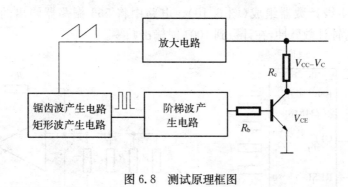

图 6.8　测试原理框图

6.3.3.2　各辅助单元电路原理

（1）多谐振荡器部分

由 555 定时器构成的多谐振荡器如图 6.9 所示。

555 定时器组成的多谐振荡器同时产生锯齿波和阶梯波的触发脉冲,以保证

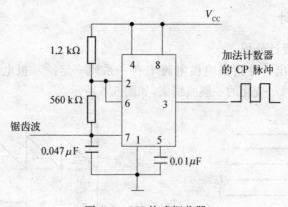

图 6.9　555 构成振荡器

锯齿波和阶梯波的同步。555 定时器 7 脚输出电压幅值为 $1/2V_{CC}$ 的锯齿波,3 脚输出占空比接近 1 的同步方波。锯齿波的幅值由下式可得:

$$V_{CC} = \frac{2}{3}V_{CC} - \frac{1}{3}V_{CC} \approx \frac{1}{2}V_{CC}$$

该锯齿波通过电压跟随器和同相比例运算放大器进行电压放大,调节 W3 可以改变锯齿波幅度,在测量晶体管特性曲线时,须经放大后再输入到待测晶体管集电极,同时作为 X 轴扫描信号输入到示波管的 X 轴偏转系统。

(2) 同步十进制加法计数器

计数器采用 CD4518 芯片,CD4518 芯片是一个双 BCD 同步加计数器,由两个相同的同步 4 级计数器组成(图 6.10)。电路中将 555 振荡器输出的脉冲作为 CD4518 的时钟计数脉冲,在计数到 1001 时输出归零。

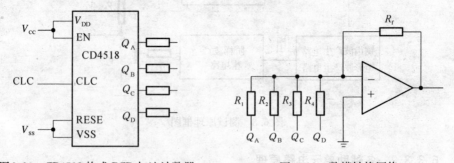

图 6.10　CD4518 构成 BCD 加法计数器　　图 6.11　数模转换网络

(3) 数模转换部分

把 CD4518 BCD 加法计数器和 uA741 构成了权电阻网络数模转换电路(图 6.11)。

电阻取值应该满足 $8R_4 = 4R_3 = 2R_2 = R_1$，R_f 是 10 kΩ 的电位器。

$$I_f = U_1/R_1 + U_2/R_2 + U_3/R_3 + U_4/R_4$$

$$U_0 = -I_f R_f$$

6.3.3.3　设计任务和要求

在面包板上实现电路功能，能够在示波器上稳定的显示出阶梯波，且阶梯波的幅度可调。用示波器观察并记录输出阶梯波，并调节电位器，观察阶梯波幅度的变化，将实验结果和理论值作比较。

（1）利用 555 电路构成的多谐振荡器的波形如图 6.12 所示。

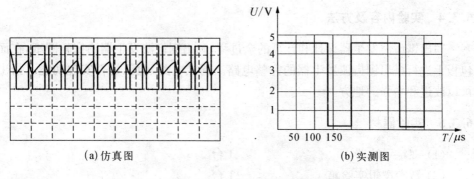

（a）仿真图　　　　　　（b）实测图

图 6.12　555 电路构成多谐振荡器波形图

（2）CD4518 连接成加法计数器，对输出的脉冲波计数。

（3）权电阻网络组成的数模转换电路，产生反相阶梯波形，如图 6.13 所示。

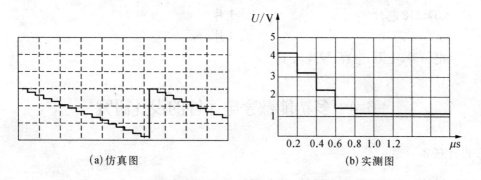

（a）仿真图　　　　　　（b）实测图

图 6.13　反相阶梯波

（4）用反相比例运算电路调整输出波形的幅度，将前级的阶梯波形翻转，输出正相阶梯波（图 6.14）。

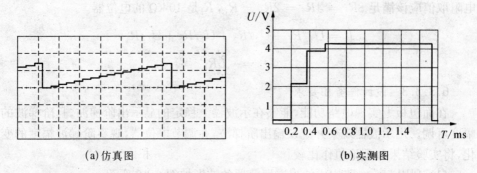

(a) 仿真图 (b) 实测图

图 6.14　正相阶梯波输出

6.3.4　实验内容及方法

写出锯齿波发生器设计和计算的全过程,画出锯齿波发生器的完整图纸,在面包板上进行搭出锯齿波发生器的完整电路。调试电路,验证是否实现功能。指出可以改进和增强的地方。

6.3.5　实验器材

(1) 双踪示波器　　　　　　　　　1 台
(2) 数字逻辑实验箱　　　　　　　1 台
(3) 数字万用表　　　　　　　　　1 个
(4) 直流电源
(5) 主要元器件(供参考)
NE555 芯片　　　　　　　　　　1 片
CD4518 芯片　　　　　　　　　　1 片
uA741 芯片　　　　　　　　　　　4 片
电位器、电阻、电容、导线若干

6.4　多功能数字电子钟的设计研究

设计任务

设计一多功能数字电子钟,其功能和要求:
(1) 以数字形式显示时、分、秒。
(2) 小时计时采用 12 进制的计时方式,分、秒采用 60 进制的计时方式。
(3) 具有对"时、分"的校准功能。

（4）定时控制报时。

6.4.1 实验目的

（1）熟悉中规模计数器电路的设计和应用。

（2）学会不同的振荡器电路在不同要求的系统中的应用。

6.4.2 预习要求

（1）查阅不同的中规模计数器使用说明，并加以分析和比较。

（2）根据分析和提示，设计出符合要求的电路图纸，并对各部分电路的设计加以说明。

6.4.3 设计原理、提示及参考电路

多功能数字电子钟系统组成框图如图 6.15 所示。

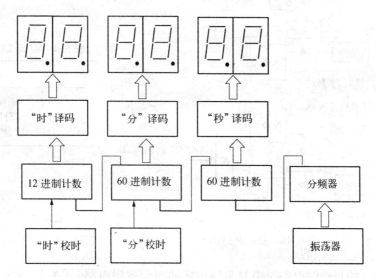

图 6.15 多功能数字钟系统原理图

系统由基准频率源、分频器、60 进制计数器、12 进制计数器、译码显示、校准电路组成。其中：

（a）基准频率源是实现该系统精确度的关系部件。设计中应以晶体振荡器组成振荡电路，产生时间基准源。其稳定性和频率精确度决定了计时的准确度，振荡频率愈高，计时精度也就愈高。振荡器产生的基准源再由分频器分频后得到 1 s 的标准秒脉冲。避免用 555 电路等直接产生 1 s 的秒脉冲。

（b）校准电路可采用按键及门电路组成。校准电路的按键应该接有 RS 锁存

器进行按键消抖。

6.4.4　校正"时"、"分"电路的设计

当数字钟接通电源或者计时出现误差时需要校正时间（校时）。为使电路简单，我们只进行"分"和"小时"的校时。对校时电路的要求是：

（1）在"时"校正时不影响分和秒的正常计数；在"分"校正时不影响小时和秒的正常计数。

（2）校正脉冲可以用 555 电路产生 1 Hz 的校时脉冲，也可以用手动产生单脉冲作校时脉冲。

（3）图 6.16 所示为"校时"和"校分"的电路，其中 S_1 为校分用的控制开关，S_2 为校时用的控制开关，它们的控制功能如表 6.2 所示。

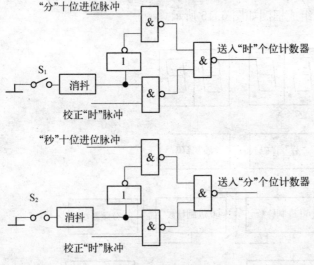

表 6.2　控制功能表

S_1	S_2	功能
1	1	正常计数
1	0	"分"校正
0	1	"时"校正

图 6.16　校正电路

要注意的是校时电路是由与非门构成的组合逻辑电路，开关 S_1 或 S_2 为"0"或"1"时，可能会产生抖动，需要加上基本 RS 触发器以便消除抖动。

6.4.5　设计任务和要求

（1）按照设计任务要求写出详细的设计报告，主要包括：题目，设计任务及要求，画出详细框图、整机逻辑电路、详细的总体电路图，列出元器件清单。

（2）成单元电路调试和整机调试后，进行故障分析、精度分析以及功能评价。

（3）在面包板上调试出数字电子钟，各部分功能要能准确实现。

6.4.6　实验器材

(1) 七段显示器(共阴极)　6 片　　(2) 74LS48　　　　　　6 片
(3) 74LS90　　　　　　10 片　　(4) 4 MHz 石英晶体　1 片
(5) 74LS04　　　　　　1 片　　　(6) 74LS74　　　　　　1 片
(7) 74LS10、74LS00　　10 片　　(8) 电阻、电容、导线、开关

6.5　汽车尾灯控制器的设计研究

设计任务

设计一汽车尾灯控制电路,当汽车左转弯时,左边的 3 个 LED 灯向左依次点亮,当汽车右转弯时,右边的 3 个 LED 等向右依次点亮。当汽车刹车时,左右共 6 个 LED 灯同时点亮。若在转弯情况下制动,则一侧 3 个尾灯周期性的亮灭,另一侧 3 个尾灯均亮。

6.5.1　实验目的

学习分析时序电路和组合电路的整体设计,灵活运用中规模集成电路,培养分析实际问题的能力。

6.5.2　预习要求

(1) 复习 74LS194、NE555 等相关芯片的用法、功能、内部结构,重点写出课题中移位寄存器的真值表。
(2) 根据设计原理,设计出符合要求的电路图,并写出详细步骤。

6.5.3　设计原理及电路分析

1. 设计分析

要实现汽车尾灯左转或右转的 3 个 LED 灯循环点亮,需要有时序电路产生状态转换,这一部分电路可由 JK 触发器来实现。但这部分电路并不需要记忆状态,对于左边或右边的转向灯来说,只要实现 000→100→010→001→000 之间的循环即可,故主体电路可以考虑用移位寄存器来实现。

2. 总体设计

设计中主体电路采用移位寄存器芯片 74LS194。组合控制电路根据左转、右转、刹车三路信号的状态,对移位寄存器进行左移、右移、送数三个工作状态的设置。并把移位寄存器的输出信号送入左转弯 LED 驱动电路或者右转往 LED 驱动

电路。总体设计原理框图如图 6.17 所示。

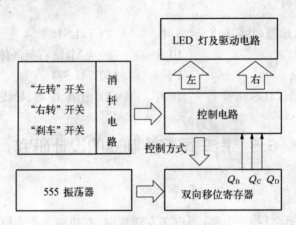

图 6.17　汽车尾灯控制总框图

3. 单元电路设计

(1) CP 脉冲的产生

555 芯片构成成振荡器的形式(图 6.18),在 $R_1 = R_2$ 及二极管的作用下,产生占空比为 50% 的方波脉冲作为移位寄存器的打入脉冲。充放电回路的电阻为 10 kΩ,电容为 47 μF,得出时钟周期应为 $T = 0.7 \times 10^4 \ \Omega \times 47 \ \mu F \times 2 = 0.66 \ s$, $T_H = 0.33 \ s$, $T_L = 0.33 \ s$。

时钟周期为 0.33 s 的闪烁频率,使人眼的视觉能够清晰地分辨出 LED 灯的闪烁方向。

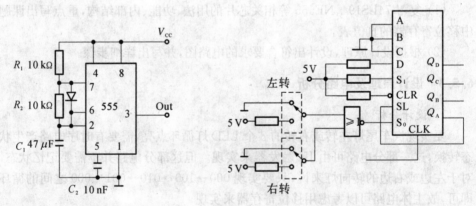

图6.18　555 电路产生 CLK 方波信号　　图 6.19　控制开关和移位寄存器

(2) 移位寄存器电路

如图 6.19 所示,或非门用于检测左右转弯开关,当左右转弯开关均置于接地端时,移位寄存器 S_0、S_1 为 1、1,此时移位寄存器工作在置数状态下,从 A、B、C、D

将 0001 置于移位寄存器当中,当左右转弯开关有一个置于高电平一端时,移位寄存器 S_0、S_1 为 0、1 置于左移状态,将 Q_A 与 S_L 连接起来,就能实现循环移位的功能。

(3) 与非门控制电路

由于左右二路的转向灯功能相同,因此只要设计其中一路转向灯的控制电路即可。刹车开关的控制逻辑与左转弯方向灯和右转弯方向灯的控制逻辑组合在一起进行设计。移位寄存器的 Q_A、Q_B 和 Q_C 通过驱动电路接到 LED 灯,因为 Q_A、Q_B、Q_C 的输出是变化的,故定义移位寄存器的输出变量为 A、B、C,分别控制三盏灯的亮暗。用 L 表示左转弯控制开关,R 表示右转弯控制开关,S 表示制动开关。L_1 表示左边第一盏灯,L_2 表示左边第二盏灯,L_3 表示左边第三盏灯,如真值表(表6.3)所示。

表 6.3　真　值　表

L	S	R	L_1	L_2	L_3	R_1	R_2	R_3
1	0	0	A	B	C	0	0	0
1	0	1	A	B	C	A	B	C
0	0	1	0	0	0	A	B	C
0	0	0	0	0	0	0	0	0
0	1	0	1	1	1	1	1	1
0	1	1	1	1	1	0	0	0
1	1	0	0	0	0	1	1	1
1	1	1	A	B	C	A	B	C

当 L 闭合并且 S 未闭合时,L_1、L_2、L_3 分别亮暗,每盏灯的亮暗由 A、B、C 控制,由此可以得出:

$$L_1 = LA\bar{S}$$

$$L_2 = LB\bar{S}$$

$$L_3 = LC\bar{S}$$

同时,在刹车开关 S 闭合并且 L、R 未闭合时,六盏灯全亮,并且并不受 A、B、C 的控制。

$$L_1 = LA\bar{S} + \bar{L}S$$

$$L_2 = LB\bar{S} + \bar{L}S$$

$$L_3 = LC\bar{S} + \bar{L}S$$

将上式做变换可以得出:

$$L_1 = LA\,\overline{S} + \overline{L}S = \overline{\overline{LAS}\,\overline{LS}}$$

$$L_2 = LB\,\overline{S} + \overline{L}S = \overline{\overline{LBS}\,\overline{LS}}$$

$$L_3 = LC\,\overline{S} + \overline{L}S = \overline{\overline{LCS}\,\overline{LS}}$$

同理,我们可以得出右边三盏灯的逻辑表达式。左右两边转弯灯控制逻辑如图 6.20 所示。

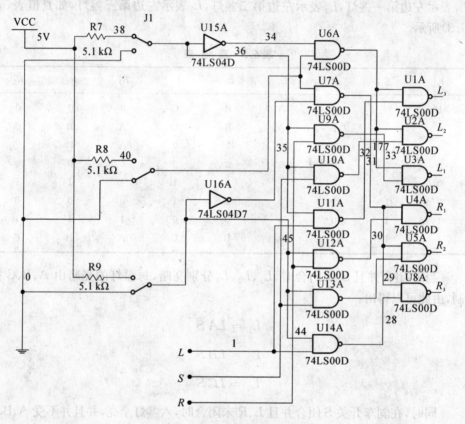

图 6.20　左右两边尾灯控制逻辑

6.5.4　实验内容及方法

(1) 根据设计要求,设计各个模块的电路,画出原理图。

(2) 调试电路,验证其是否符合设计任务中所要求的,并指出哪些方面可以增强和改进。

6.5.5 实验器材

(1) NE555 芯片	1 片	(2) LED 灯	6 个
(3) 74LS00 芯片	2 片	(4) 二极管 IN4001	1 片
(5) 74LS04 芯片	1 片	(6) 74LS194 芯片	1 片
(7) 74LS10 芯片	2 片	(8) 电阻、电容、导线、开关	

参 考 文 献

沈建国,刘中元. 2008. 电子线路基础实验. 第2版. 上海：华东师范出版社

孙建京,陆而红,陆宏瑶. 1997. 常用电子仪器原理·使用·维修. 北京：中国广播电视出版社

吴培生,孟贵华. 2004. 万用表使用入门. 北京：机械工业出版社

赵中义. 1990. 示波器原理、维修与检定. 北京：电子工业出版社

Floyd T. 2002. Digital Fundamentals. 北京：科学出版社

附　　录

附录 1 数电实验板电原理图

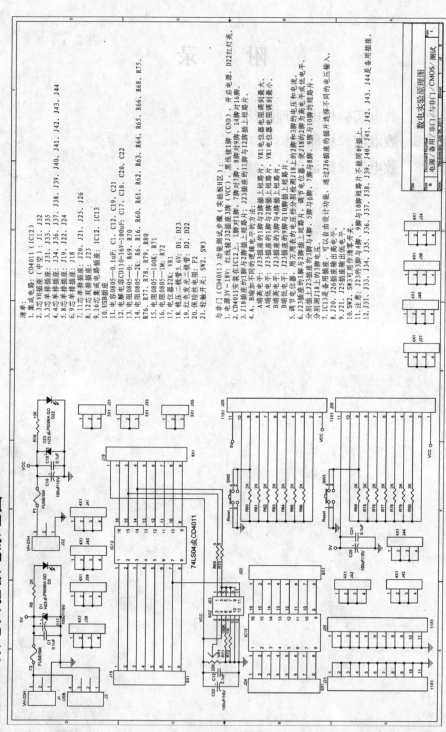

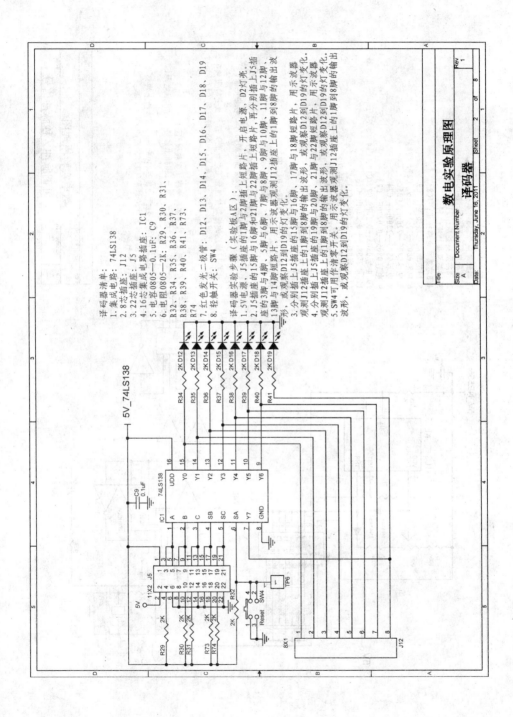

译码器清单：

1. 集成电路：74LS138
2. 8芯插座：J12
3. 22芯插座：J5
4. 16芯集成电路插座：IC1
5. 电容0805—0.1uF: C9
6. 电阻0805—2K: R29、R30、R31、R32、R34、R35、R36、R37、R38、R39、R40、R41、R73、R74
7. 红色发光二极管：D12、D13、D14、D15、D16、D17、D18、D19
8. 轻触开关：SW4

译码器实验步骤（实验板A区）：

1. 5V电源，J5插座的1脚与2脚插上短路片，开启电源，D2灯亮。
2. J5插座的4脚与16脚和21脚与22脚插上短路片，再分别插上J5插座的3脚与4脚、5脚与6脚、7脚与8脚、9脚与10脚、11脚与12脚、13脚与14脚短路片，用示波器观测J12插座上的1脚到8脚的输出波形，或观察D12至D19的灯变化。
3. 分别插上J5插座的15脚与16脚、17脚与18脚短路片，用示波器观测J12插座上1脚到8脚的输出波形，或观察D12到D19的灯变化。
4. 分别插上J5插座的19脚与20脚、21脚与22脚短路片，用示波器观测J12插座上1脚到8脚的输出波形，或观察D12到D19的灯变化。
5. SW4可用作清零开关。用示波器观测J12插座上的1脚到8脚的输出波形，或观察D12到D19的灯变化。

数电实验原理图

译码器

Title

Size A

Document Number

Rev 1

Date: Thursday, June 16, 2011　Sheet　2　of　8

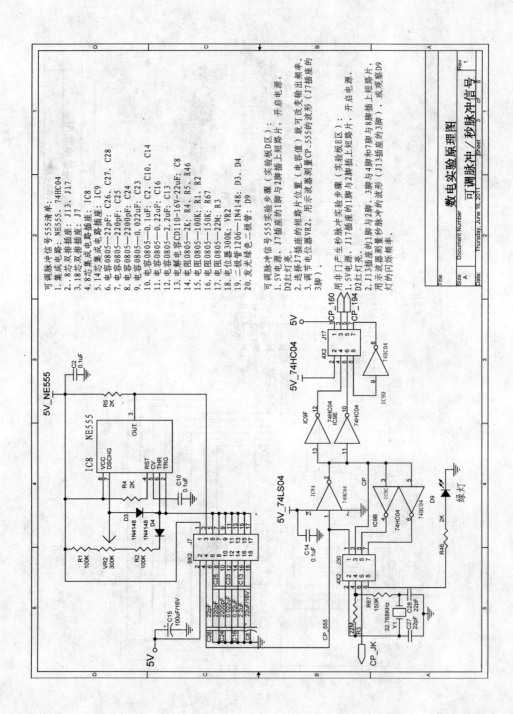

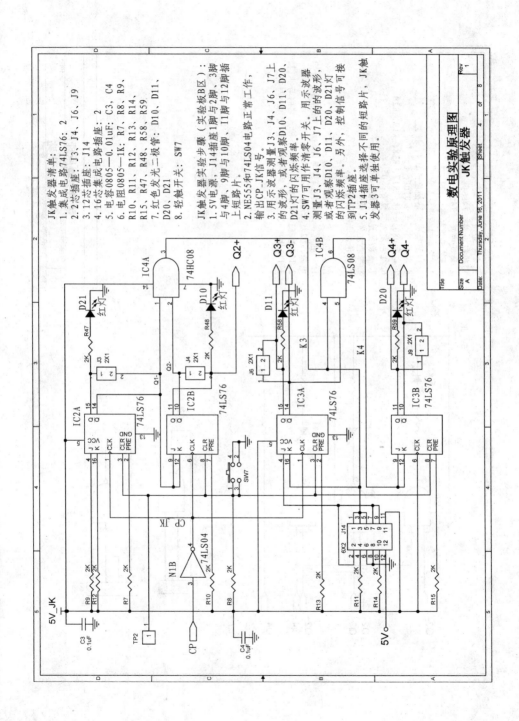

JK触发器清单：
1. 集成电路74LS76：2
2. 2芯插座：J3、J4、J6、J9
3. 12芯插座：J14
4. 16芯集成电路插座：2
5. 电容0805—0.01uF：C3、C4
6. 电阻0805—1K：R7、R8、R9、R10、R11、R12、R13、R14、R15、R47、R48、R58、R59
7. 红色发光二极管：D10、D11、D20、D21
8. 轻触开关：SW7

JK触发器实验步骤（实验板B区）：
1. 1.5V电源，J14插座1脚与2脚、3脚与4脚，9脚与10脚，11脚与12脚插上短路片。
2. NE555和74LS04电路正常工作，输出CP_JK信号。
3. 用示波器测量J3、J4、J6、J7上的波形，或者观察D10、D11、D20、D21灯的闪烁频率。
4. SW7可用作清零开关。用示波器测量J3、J4、J6、J7上的波形，或者观察D10、D11、D20、D21灯的闪烁频率。另外，控制信号可接到TP2插座。
5. J14插座选择不同的短路片，JK触发器3可单独使用。

数电实验原理图
JK触发器

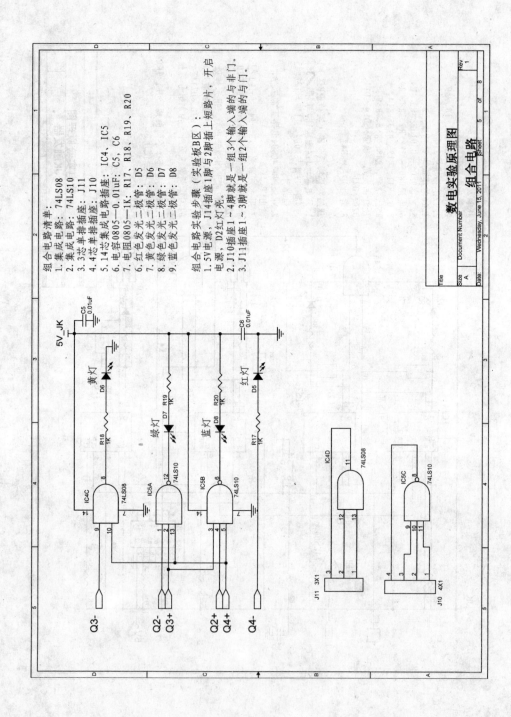

组合电路清单：
1. 集成电路：74LS08
2. 集成电路：74LS10
3. 3芯单排插座：J11
4. 4芯单排插座：J10
5. 14芯集成电路插座：IC4、IC5
6. 电容0805—0.01uF：C5、C6
7. 电阻0805—1K：R17、R18、R19、R20
8. 红色发光二极管：D5
9. 黄色发光二极管：D6
   绿色发光二极管：D7
   蓝色发光二极管：D8

组合电路实验步骤（实验板B区）：
1. 5V电源，J14插座1脚与2脚插上短路片，开启电源，D2红灯亮。
2. J10插座1～4脚就是一组3个输入端的与非门。
3. J11插座1～3脚就是一组2个输入端的与门。

数电实验原理图

组合电路

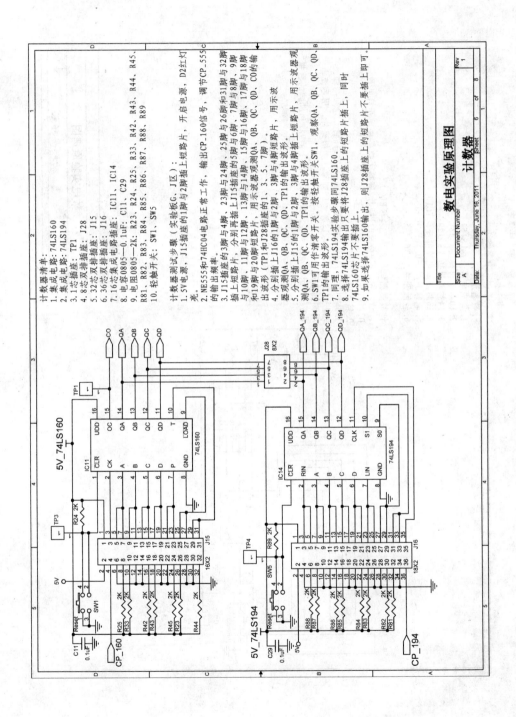

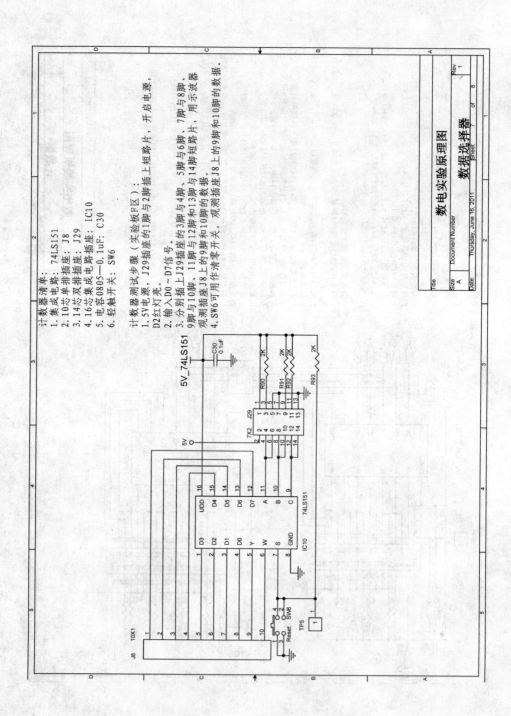

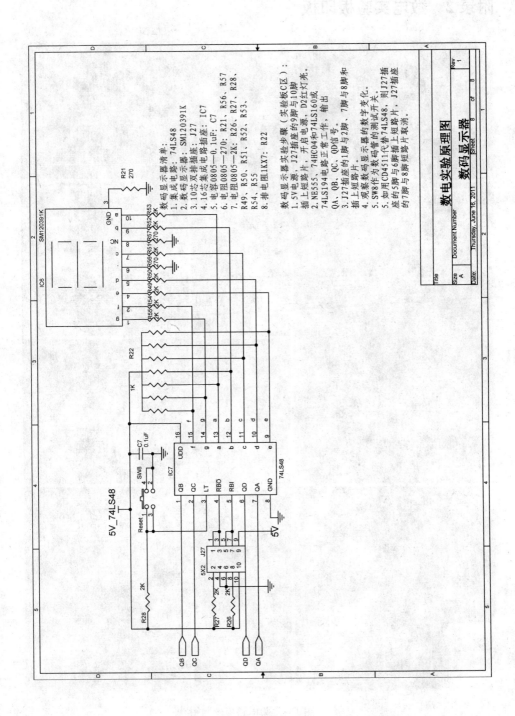

数码显示器清单：
1. 集成电路：74LS48
2. 数码显示器：SM12039lK
3. 10芯双排插座：J27
4. 16芯集成电路插座：IC7
5. 电容0805—0.1uF: C7
6. 电阻0805—270: R21, R56, R57
7. 电阻0805—2K: R26, R27, R28,
   R49, R50, R51, R52, R53,
   R54, R55
8. 排电阻1KX7: R22

数码显示器实验步骤（实验板C区）：
1. 5V电源，J27插座的9脚与10脚
   插上短路片，开启电源，D2红灯亮。
2. NE555、74HC04和74LS160或
   74LS194电路正常工作，输出
   QA、QB、QC、QD信号。
3. J27插座的1脚与2脚、7脚与8脚和
   插上短路片。
4. 观察数码显示器的数字变化。
5. 如用CD4511代替74LS48，则J27插
   座的5脚与6脚插上短路片，J27插座
   的7脚与8脚短路片取消。

Title
数电实验原理图
数码显示器

Size A   Document Number   Rev 1

Date: Thursday, June 16, 2011   Sheet 8 of 8

附录 2   数电实验板印板

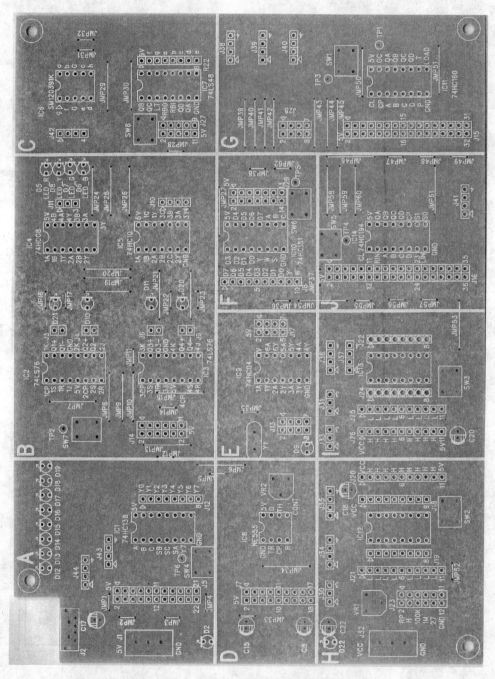

附录图 1—实验电路板丝网图

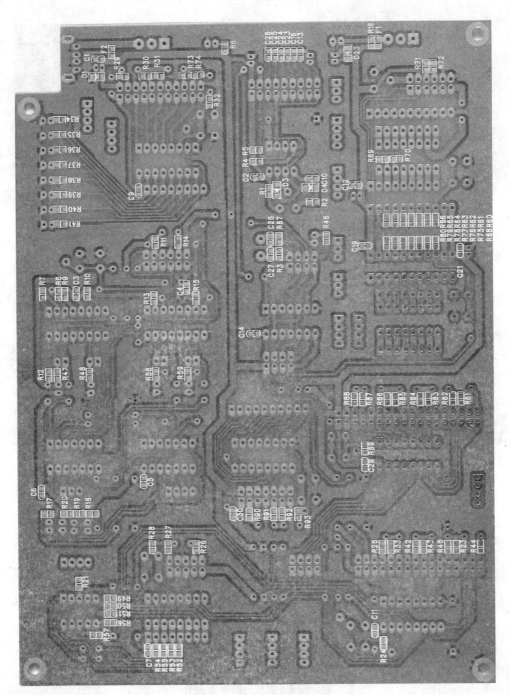

附录图 2—实验电路板 PCB 图

附录图 3—实验电路板实物图

附录3　数电实验板清单

序　号	型　　号	封　装	位　　号	数　量
1	CD110 - 100 μF/16 V	直插	C15,C17,C18,C20,C22	5
2	CD110 - 22 μF/16 V	直插	C8	1
3	22pF	0805 -贴片	C26,C27,C28	3
4	220pF	0805 -贴片	C25	1
5	2200pF	0805 -贴片	C24	1
6	0.022	0805 -贴片	C23	1
7	0.1 μF	0805 -贴片	C1,C2,C3,C4,C5,C6,C7, C9,C10, C11,C12,C14, C19,C21, C29,C30	16
8	0.22	0805 -贴片	C16	1
9	2.2 μF	0805 -贴片	C13	1
10	HZ6.2	1206 -贴片	D1	1
11	HZ20	1206 -贴片	D23	1
12	1N4148	1206 -贴片	D3,D4	2
13	红灯	直插	D2,D5,D10,D11,D12,D13, D14,D15, D16,D17,D18, D19,D20,D21,D22	15
14	黄灯		D6	1
15	绿灯		D7,D9,	2
16	白发红灯		D8	1
17	74HC138	直插	IC1	1
18	74LS76	直插	IC2, IC3	2
19	74HC08	直插	IC4	1
20	74HC10	直插	IC5	1
21	SM120391K	直插	IC6	1
22	74LS48	直插	IC7	1
23	NE555	直插	IC8	1
24	74HC04	直插	IC9	1
25	74LS151	直插	IC10	1
26	74LS160	直插	IC11	1
27	CD4011	直插	IC12	1
28	74LS04	直插	IC12	1
29	74LS194	直插	IC14	1
30	电位器 300K	直插	VR2	1
31	电位器 22K	直插	VR1	1
32	8 芯集成电路插座	直插	IC8	1
33	14 芯集成电路插座	直插	IC4,IC5,IC9	3
34	16 芯集成电路插座	直插	IC1,IC2,IC3,IC7,IC10, IC11,IC12,IC13,IC14	9
35	0	0805 -贴片	R69,R70	2
36	270	0805 -贴片	R21,R56,R57	3

序　号	型　号	封　装	位　号	数　量
37	2K	0805-贴片	R4,R5,R6,R7,R8,R9,R10, R11,R12,R13,R14,R15, R17,R18,R19,R20,R23, R24,R25,R26,R27,R28, R29,R30,R31,R32,R33, R34,R35,R36,R37,R38, R39,R40,R41,R42,R43, R44,R45,R46,R47,R48, R49,R50,R51,R52,R53, R54,R55,R58,R59,R60, R61,R62,R63,R64,R65, R66,R68,R73,R74,R75, R76,R77,R78,R79,R80, R81,R82,R83,R84,R85, R86,R87,R88,R89,R90, R91,R92,R93	80
38	10K	0805-贴片	R16	1
39	100K	0805-贴片	R1,R2,R71	3
40	150K	0805-贴片	R67	1
41	1M	0805-贴片	R72	1
42	22M	0805-贴片	R3	1
43*	2KX7 排阻	直插	R22(不装)	1
44	VH-03H	直插	J1、J32	2
45	USB	直插	J2	1
46	1X1	直插	TP1,TP2,TP3,TP4, TP5,TP6	6
47	2X1	直插	J3,J4,J6,J9,	4
48	3X1	直插	J11,J30,J31,J33,	4
49	4X1	直插	J10,J34,J35,J36,J37, J38,J39,J40,J41,J42, J43,J44	12
50	8X1	直插	J12,J19,J22,J24	4
51	9X1	直插	J18	1
52	10X1	直插	J8	1
53	11X1	直插	J20,J21,J25,J26	4
54	4X2	直插	J13,J17,J28	3
55	5X2	直插	J27	1
56	6X2	直插	J14,J23	2
57	7X2	直插	J29	1
58	9X2	直插	J7	1
59	11X2	直插	J5	1
60	16X2	直插	J15	1

序　号	型　号	封　装	位　号	数　量
61	18X2	直插	J16	1
62	5 mm 裸铜导线	直插	JMP1,JMP2,JMP3,JMP4,JMP5, JMP11,JMP12,JMP14,JMP16, JMP17,JMP22,JMP28,JMP31, JMP32,JMP33,JMP35,JMP36, JMP37,JMP38,JMP47,JMP48, JMP49,JMP52,JMP55,JMP56, JMP57,JMP62,	27
63	15 mm 裸铜导线	直插	JMP6,JMP7,JMP8,JMP9, JMP10,JMP13,JMP15,JMP18, JMP19,JMP20,JMP21,JMP23, JMP24,JMP25,JMP26,JMP27, JMP29,JMP30,JMP34,JMP39, JMP40,JMP41,JMP42,JMP43, JMP44,JMP45,JMP46,JMP50, JMP51,JMP53,JMP54,JMP58, JMP59,JMP60,JMP61	35
64			短路片(黑)	40
65	自恢复保险丝电阻	0805 - 贴片	F1,F2	2
66	轻触开关	直插	SW1,SW2,SW3,SW4,SW5, SW6,SW7,SW8	8
67			导线	20
68			印制板(150 mm×200 mm)	1